社会万花筒之中国好故事系列丛书

缤纷人世间·精彩好故事

迷恋电脑的男孩

顾文显 著

中国书籍出版社
China Book Press

图书在版编目（CIP）数据

迷恋电脑的男孩 / 顾文显著. —— 北京：中国书籍出版社，2016.8
ISBN 978-7-5068-5794-9

Ⅰ.①迷… Ⅱ.①顾… Ⅲ.①故事－作品集－中国－当代 Ⅳ.①I247.81

中国版本图书馆CIP数据核字（2016）第211055号

迷恋电脑的男孩

顾文显　著

丛书策划	尚东海　牛　超
责任编辑	成晓春
责任印制	孙马飞　马　芝
封面设计	越朗工作室
出版发行	中国书籍出版社
地　　址	北京市丰台区三路居路97号（邮编：100073）
电　　话	（010）52257143（总编室）　（010）52257140（发行部）
电子邮箱	eo@chinabp.com.cn
经　　销	全国新华书店
印　　刷	北京一鑫印务有限责任公司
开　　本	787毫米×1092毫米　1/32
字　　数	220千字
印　　张	8
版　　次	2017年1月第1版　2017年1月第1次印刷
书　　号	ISBN 978-7-5068-5794-9
定　　价	24.80元

版权所有　翻印必究

总　序

《社会万花筒之中国好故事系列丛书》是当代一流故事作家的精选作品集。其中，部分作家曾获"中国民间文艺山花奖·民间文学奖"（中国民间文学最高奖）和其他故事界全国性大奖；所选作品，是作者本人从《故事会》《新故事》《百花悬念故事》《上海故事》《今古传奇》等畅销故事杂志选粹而来的，并被《读者》《意林》《青年文摘》《特别关注》等杂志反复转载，还有些作品入选进中小学语文阅读教材。

故事是常见的文学体裁，它以叙述曲折、有趣的事件为主，强调情节的生动性和连贯性，语言通俗、活泼，较适于口头讲述，深受大众喜爱。故事以反映社会现实、映照大众心理见长，通过那些精彩、动人的故事，我们可以了解丰富多彩的大千世界，见识光怪陆离的人情百态，学习历久弥新的人生智慧。

《社会万花筒之中国好故事系列丛书》所选故事作品的主要特色，一是具有超强的可读性。该丛书所选作品，大部分选粹于《故事会》等国内畅销的故事杂志，情节跌宕起伏、扣人心弦，让人欲罢不能。二是取材广泛，通过生活中偶发的、片断的事象，展现比它本身广阔得多、复杂得多的生活，在绘声绘色的叙述中让读者受到教益。三是语言风格通俗平易，适于口耳相传。故事作品往往通过通俗的语言来传递某种知识或价值取向，让读者不但乐意接受、容易接受，而且记得住、传得开。

而本丛书的上述主要特色，正是中小学素质教育中不可或缺的：

这套具有纯正中国民间"血统"、独具民族特色的故事丛书，植根于中华民族深厚的人文土壤，有益于增进青少年对国家、民族和传统文化的热爱，增进文化底蕴和艺术修养；

这套丛书内容涉及的时间跨度大——纵览古今，展现的生活领域广——横跨三百六十行，有益于青少年开阔视野、丰富阅历、辨别善恶、启迪智慧、砥砺意志，提高社会适应能力和观察分析能力；

这套丛书富含亲情、感恩、博爱、友善、求知、敢于担当、进取向上等正能量元素，崇尚优秀道德情操，弘扬人间正道，这有益于启迪青少年的人性自觉、心灵自悟和灵魂陶冶，引导其追求崇高的理想，向往和塑造健全完美的人格……

与课堂上"素质教育"不同的是，上述教益，不是通过干巴巴的说教，而是从富于知识性和哲理性的故事情节中传递出来的。对于社会生活经验不足，思想和行为可塑性强，易于被感染的青少年而言，可以在兴趣盎然的阅读中潜移默化地得到精神陶冶，进而塑造和形成正确的人生观和价值观，成长为中华民族伟大复兴的有用之才。

编　者

内容提要

这本集子是著名故事作家顾文显的中短篇故事集,选自作者近四年来在全国故事大刊发表作品的精华部分,内容丰富,人物鲜活,故事生动,题材广泛,涉及生意技巧、职场斗争、凄美爱情、人间大爱、奇人奇事、朋友义气、家国情怀、励志奉献以及对社会丑恶现象的揭露与鞭挞,给读者以爱不释卷的阅读快感,值得一读。

迷恋电脑的男孩

目 录

谁动了我的生意 ... 1
瘫女子和盲男人 ... 8
真正的救赎 ... 18
神弹王一 ... 29
残酷的竞争 ... 37
家乡这张脸 ... 43
设个套儿让你钻 ... 50
想哭找不到坟头 ... 57
斜眼娃的邪运 ... 64
暖水瓶事件 ... 72
伤疤啊,伤疤 ... 78
老友卖拙 ... 84
惹气的春联 ... 89

社会万花筒之中国好故事系列丛书

我是你大哥	92
天上掉下一笔财	98
玩点小心计	104
身体没啥事	109
巧避匪患	114
老家贼斗小家雀	121
无法推广的经验	130
谢不着的老骗子	136
刀和刀把儿	142
财迷的"障眼法"	146
违章阳台	151
迷恋电脑的男孩	155
生态村官	161
去敲幸福的门	177
跟老爸较劲	187
宝砚轶事	196
怕他不认真	205
姨妈的技巧	211
钝刀锯肉	217
不愧当过兵	223
理财争夺战	229
马屁精的下场	235
魔幻钢琴价	240

迷恋电脑的男孩

谁动了我的生意

十年前,我跟媳妇玉花到这座城市闯世界。我俩拼死拼活,置办下了一份小家业。哪想到玉花劳累过度发了病,花光了所有的积蓄,一切又回到了当初。媳妇要吃药,儿子要读书,我一个大男人必须扛起这个家啊!于是,我弄了辆手推车,走街串巷收废品。经过两年多摸索,我掌握了一些技巧,一家三口又过上了温饱生活。

冤家相逢

然而,近来,我感觉情况有些不对,我的三块主要"根据地"的重中之重——民康小区的破烂儿怎么没了?我从南门直喊到北端,只收到零星的几小份儿。我留心一观察,嗨,病根找到了,我发现一个清瘦的年轻女子也推着和我一样的车子,而车上却装着满满的破烂儿!好哇,原来有人到我嘴边撬食啊，我可是这儿的元老啊！我还真不信，一个大男人叫小女子给打败了？我悄悄一留心，一听她的吆喝，我明白了。我喊的是"破烂儿——"她呢，喊的是"废品换钱——"听起来确实比直接喊"破烂儿"顺耳而且吉利。

摸准了脉搏。我回家跟玉花把这事琢磨了许久，决定把吆喝声改得时尚、悦耳，并且还要打时间差。平常我出门的顺序是先走海景、然后民乐、最后到民康，如今我舍近求远，先从民康小区下手。那小女子6点半过去，我6点就进小区，高唱着新词："废品换钱，清洁卫生保健——"你别说，我一喊，就有许多窗户打开，各种各样的脑袋伸出来向我行注目礼。然而，吆喝声是吸引人了，可就是没人像以往那样跟我打招呼。我正懊恼时，那小女子慢慢腾腾地来了，轻轻一声"破烂儿换钱"，那些伸出窗口看我的脑袋立刻就有好几颗忙不迭地喊："来了，来了。"接着，就有人把成捆的报纸、编织袋提到了她面前……

看着她风风火火地过秤、付钱，我只好在一边干咽唾沫。可面对一个瘦弱女子，我再有气又能怎么着？这时，6楼一扇窗口伸出个白花花的脑袋，一位老太太喊："收废品的，你待会儿上来趟呗。"这老太太我有印象，腿脚不好，所以总是招呼我上楼过秤。我立马仰脸答应："好！"哪知道老太太头一摇："我不是招呼你，是喊她。"

哎哟，我一下子窘得面红耳赤的。这天忙活了一大早，我却憋了一肚子气，整整一天没开张。

自打民康小区存在，我就在这儿起家，将近两年，也算混了个脸熟，没想到这儿的居民瞬间脸就变了，不认我这个老收废品的了，究竟什么道理？我冷着脸回家，吓得玉花连说是她连累了我。我抱住我可怜的女人，说："玉花呀，当年你父母不同意咱俩好，你顶着压力嫁我，除了吃苦受累，还享受过什么？如今得了重病，连住院的待遇都没有，我这男人当的……"玉花一把捂住我的嘴："说什么胡话呀，日子虽然苦点，可嫁给你，我心里踏实，甜蜜。"

我俩又分析那小女子的来路，把脑袋想破了，也没理出个子丑寅卯来。媳妇劝我说，和气生财，差点儿就差点儿吧，咱可不能跟人打架啊。我说，这你不用嘱咐，我一个大男人，怎么可能跟小女子打架呢。

就这样，我们两个生意上的冤家就这么不咸不淡地在民康小区耗了起来。有时遇上，还打个招呼。是什么原因让居民们都乐意照顾她的生意呢？我再冷静地一观望，看出门道来了：那小女子缺心眼儿。

看出门道

其实，这废品收购说道很多。比方同样是纸，报纸、书刊、纸壳子价钱大不一样，有的人把纸壳子夹在报纸里，价钱差好多呢。从业以来，本人在跟这些主儿钩心斗角的过程中炼就了硬功，谁想使"夹馅"的小把戏，休想瞒得过我这双眼睛，当场打开捆挑出归类。像小女子那样，花废报纸的钱买纸壳子，岂不是白出力赚吆喝？怪不得她生意好，谁遇上了二百五不要她,那才是傻蛋。

　　刹那间,我心中的忌妒化成了怜悯。同是社会底层人,任她吃亏而袖手旁观,那我还算个什么男人。等旁边没别人时,我悄悄过去提醒:"妹子,收破烂赚点钱不容易,你得长个心眼,你看这捆这捆这捆……不信打开看,夹着纸壳和废纸呢。你身子这么单薄,不能白给他们使唤。"说罢,我给她打开一捆报纸,并提醒她,"越是捆得规矩的,越是有猫腻!"

　　那小女子诧异地抬起头把我看了又看,眼里流露出感激道:"谢谢了。"

　　晚上回家,我把帮助小女子的经过说给玉花听。玉花激动地搂住我的脖子:"我从来就没怀疑过,我嫁的男人错不了。"

　　第二天天气好,我在民康喊了一个来回,也没见那小女子出现。赶上一户搬家的,让我捞了个肥实。正兴高采烈地装车,我媳妇玉花来了。慌得我赶紧跟她装生气:"这大热的天,你来干什么?"媳妇一歪头,笑道:"这么好的阳光,就不许我来与你分享一下。"

　　没办法,我只好麻利地把车装上,强迫玉花坐上去:"媳妇,当初娶你时,没坐轿子没坐车,今天我拉着你回家,算是补偿。"我选了一块大纸壳让她遮挡日光。看到媳妇幸福地坐了上去,我突然想起一件事,"你先等着。"我前天捡到一只中奖的可乐瓶盖,揣在口袋里一直没舍得兑现。我匆匆跑到一家小店,兑了一瓶冰镇的,递给玉花。

媳妇接过可乐，小酒窝笑得比可乐都甜，拧开盖儿，一定要我先喝一口。我拗不过，就两口子一人一小口，老半天才把这瓶可乐喝完。我拉起媳妇往回走，一抬头，眼前站着一个泪流满面的小女子。谁？就是我那同行冤家。

我问："妹子，遇上啥事了？"

小女子摇摇头，说："大哥，你待媳妇真好。"

接着，小女子泪眼望着我："大哥，我叫秋芹。昨天听你一番良言忠告，我真的感动了，打算把这个地方让给你一星期。"顿了顿，那女子又幽幽地说，"现在我改主意了。"

我说："妹子，我不用你让。你我都是弱势群体，咱们不相互照应，还有谁照应咱？大家一齐往前混，日子总会好起来的。"

秋芹笑了："你人挺善良，却并不聪明。你急着学了我的表皮，根本没抓到实质。现在我把窍门告诉你。"

原来如此

秋芹说，她的吆喝法确实比同行们喊"破烂儿"更容易被居民们接受，但这仅仅是一点皮毛。更重要的是，她把小区居民的作息情况研究得十分透彻。她说："比如，上班的跟咱们没职业的不一样，早晨都赖着不爱起床。你抢在前面把他们吵起来，人家就有意见了，怎么会支持你生意？到了双休日，我去得特别晚，那是专为上班族来的。因为，一到星期天，上班族喜欢打扫卫生，这时候，破烂儿特别多。"

秋芹又朝我一笑，说，"我还得教会你如何卖傻。"

卖傻？我有些摸不着头脑。

秋芹笑了笑说："别看大哥腿挺勤快，上楼下楼不在乎，可为人比较计较。人家把报纸摆成摞，你一定要翻检一通，如果里面夹杂着纸壳子甚至杂物，一定要甩出来，弄得满楼道都是碎渣，居民就感觉你这个男人精明且没素质。而我呢，装痴卖傻，过秤时从来不检查。我巴不得那些老头老太太们把价钱低的夹上一点。这些老人特别爱传播信息，没几回，大伙都知道我这人心眼不多，觉得卖给我不会吃亏。"

她接着说："你见过吧，为啥我往小区一站，很多人自动把废品拎过来？"秋芹有些得意地说，"我准备了两杆秤，一个是台式电子秤，透明度高，但需要放在平稳处。假如要我上楼收购，那只能扛着钩子秤。一些不放心那钩子秤的，不就主动向我靠拢，省着我爬楼梯了。"

秋芹说，她就是用这卖傻的方法赢得了大家的信任："您心眼本来不多，却表现得过于精明，人有点占便宜的心理全让你给看出来，那多尴尬。所以，我一出现，老人们很快就帮我宣传了，这丫头厚道，比早先那姓顾的强多了，听听。"

"大哥呀，"秋芹笑道，"你觉得我吃亏了是不是？其实不然。莫看他们打捆、分类夹杂点别的，可省了我的时间，有你那翻检、重新打包的工夫，我效率可以提高几倍。"

我忙说："咱这种人最富有的就是时间。"

迷恋电脑的男孩

"时间就是金钱呀。除了这小区,我另有四个根据地呢。这叫方便别人,就是方便自己——大哥,刚才话让你打了岔,我说的改主意了,是要把这块地方彻底让给你,从今天起,秋芹再不踏进民康小区一步。"

"这是干什么呀。"媳妇从车上坐直了身子,"妹子,我看得出,你一定也很艰难的,别撤出呀,俺家这人还有两个点儿呢。"

"可我有四个。大哥,我注意你也不是一天两天了,发现你总去买药,原来这是给嫂子治病呀。要是知道你俩比我还难,我早让出来啦。"秋芹惨然一笑,"你跟大伙说是秋芹的亲戚,他们就不再苦等我了。"

"能告诉我为什么吗?"

"因为你对媳妇好。"秋芹羡慕地说,"我当年也得过重病,欠了了债。丈夫却扔下我悄悄跑了,至今也不知道他去了哪里。后来,我死里逃生,一人供儿子读书,受的艰难那真是鸡不叨狗不舔呀。可我现在身体好了,不用再吃药,这就比你家强得多。嫂子,好好珍惜吧,大哥本事不大,可这么在乎媳妇的男人,没地方找去呀。"

无论如何也劝不住,秋芹微笑着撤出了民康小区。我跟媳妇俩泪眼望着泪眼,半天,我说:"媳妇,你帮咱俩想着,咱俩若是有翻身的那天,一定要报答秋芹。咱弱势群体真能拧成一股绳,相互照应,那就没有过不去的坎儿。"

7

瘫女子和盲男人

绝望中遇到小伙伴

向阳老人幸福院入住了一位容貌清丽的女人。

这女人叫李惠芳，52岁，原是山村妇女，儿子大学毕业后，有了工作和老婆，去年就把她接来城里，小两口将来要生孩子，老人正好边看着孙子，边安享晚年。没想到惠芳命薄福浅，无意中摔了一跤后，半边身子没了知觉。儿子儿媳两人工作都忙，无法照顾瘫痪的母亲，尤其怕她想不开，出现三长两短，就把她送到了这儿。想想进城不但没帮上儿子的忙，如今成了废人，反要靠花费儿子的钱财活着，李惠芳整日以泪洗面，天天盼着快点死去，好了却儿子肩上的负担。这种心态对一个病人来说，无异于雪上加霜。但心病是别人劝不了的，任凭院长和服务员苦口婆心，然而，李惠芳还是一天天消瘦了下去……

迷恋电脑的男孩

这天,李惠芳正躺在床上流眼泪,忽然听见门外有一个声音:"我来看看满桌儿妹妹。"谁呀,怎么知道她的小名?李惠芳正惊疑着,门开了,摸摸索索进来一个高个子盲人,这盲人两眼深陷,胡子拉碴,进了门,站住:"哪个是李惠芳?我是冬瓜啊。"

"冬瓜哥哥!"李惠芳记忆的闸门一下子打开了。

40年前,惠芳和冬瓜哥同在一个偏僻的小山沟居住,冬瓜哥姓叶,父母早亡,他一个失明的孩子,只能跟着哥哥嫂子生活。冬瓜哥好可怜啊,不是一个人孤零零地坐在院子里编榆条筐,就是摸索着扫院子。嫂子总骂,不是嫌他打翻了鸡食盆,就是嫌他把鸡屎沾在笤帚上了。后来,冬瓜哥就离家出走,再也没见回来。那年冬瓜17岁,惠芳只有14岁。

冬瓜哥在惠芳的床边坐了下来。他说,离家后他起初是在小城乞讨,后来遇上了好心人,不但教会他技术,还帮忙在福利厂找了个工作,而且娶了一位残疾姑娘为妻,这让他拥有了幸福生活。可惜妻子命不长,过早地离他而去。冬瓜哥一直做到退休,由于没有亲人,他决定来幸福院养老,没想到,在这儿遇上了当年的小伙伴。

两个残疾人回忆了半天童年的事。冬瓜哥感叹地说,你那么善良个人,怎么会得这种不幸的病,真不如让我个废物替了你去。惠芳不由落下泪来:"哥呀,我真想早点结束。可那样做,儿子、儿媳今后在人前怎么抬头?现在是生不如死呀。"

冬瓜安慰她,别悲观,他有个邻居林大嫂,全身瘫痪,可是硬被家人逼着锻炼，现在能扶着墙走路了。大夫说，照这样坚持下去，林大嫂完全可以像正常人一样生活。"你不信，哪天我可以请林大嫂过来你看看。妹子，不可以躺着。反正我这个瞎子闲着没事，我帮你锻炼一下试试？"

"可我……这不是三天两早晨的事，怎么好意思劳累你呀。"惠芳没信心。

冬瓜空洞的眼里流出了泪水："妹子，小时候的事情我还记得。老孙头种瓜，顾老太太家中有李子园。是你常常偷了瓜果给我送来……这份情一辈子也忘不掉，你得给我个报答的机会呀。先试试，没效果的话，咱再停了怎么样？"

说着，就让惠芳穿上鞋，把她抱到了院子。好晴朗的天呀，好清新的空气！冬瓜让惠芳用那只好手扶墙，他架起惠芳那只没知觉的手，强制她站了一阵。直到惠芳实在支撑不住时，冬瓜才把她抱回房间。冬瓜高兴地说："有你这个明眼人给我瞎子当眼睛，我可以放心大胆地走路了！"

放下惠芳，冬瓜给惠芳按摩。冬瓜哥的手指很有力气，加之他受过专门训练，按了一个多小时，惠芳感觉半边麻木的身子似乎有点儿感觉，可看到冬瓜额上的汗水淌成了溜儿，她实在不忍，劝了几次，最后只好说自己困了，这才让冬瓜哥停了下来。

热心的瞎哥哥

从那以后，冬瓜哥每天天不亮，就悄悄推开了惠芳的房门，轻轻把她抱到外面锻炼。早晨，下午，晚饭后，一天四次锻炼，两次按摩，风雨不误。坚持到转过年春天，惠芳另一半身体有了知觉，可以扶着瞎子的肩膀，慢慢地"走"到院子里了！

这真是连医生也不敢相信的奇迹。惠芳儿子、儿媳感激得眼含热泪，不住嘴地向冬瓜伯伯道谢，儿子还特意带给他一瓶10年酿的好酒……

由于惠芳的配合，她户外待的时间一天比一天长，有时还能"走"出幸福院的大门，看路上车来车往。冬瓜哥歌唱得好，当年一曲《老房东查铺》听得小惠芳如痴如醉。现在，他又把陈年记忆翻了出来，惠芳累的时候，就唱当年的老歌儿给惠芳解闷儿。

惠芳想到，冬瓜哥等于是救她一命，恩情天高地厚，怎么报答都不为过，可儿子仅仅送他一瓶酒，瞧他喝得那个香啊，嘴里还反过来千恩万谢。悄悄一打听，服务员告诉她："叶大叔就是爱喝酒，顿顿没个够。我们劝他少喝点，他说，就算戒饭、戒命也不能戒酒。自从帮助你锻炼，再没沾过酒杯……"

惠芳心里咯噔一下。多半年了，自己怎么就光想着生啊死啊的，对救命恩人却漠不关心。再锻炼时，她便问冬瓜哥，你怎么不喝酒啊？冬瓜哥说，我这么重要的任务，哪敢，摔着你，一万个冬瓜也赔不起呀。再说，喝酒有味儿，怕你讨厌，就不再跟我锻炼了，那可就是等于毁了你这个好人啊。

惠芳的眼泪像决了堤的水。稳定了半天，她才说，她喜欢闻那股酒香，喝酒才有男人味儿。其实惠芳特别讨厌酒，丈夫生前总是喝得醉醺醺，回来就不管死活地折磨她。丈夫死后，有一个当干部的瞧上了惠芳的容貌，不嫌弃她拖着儿子也要娶她，但就因有次约会时，那男人喝得语无伦次，第二天，惠芳死活不干了……而现在，她觉得只有让眼前这个男人随心所欲地喝酒，才是她最大的安慰。

冬瓜哥想了半天，到底是忍不住："那我往后少喝点，惠芳，我把酒桶放你屋里，你每天给我把关，我这人酒德不好，见了酒，跟苍蝇见了血似的。"

"好。"惠芳说，"反正一样的伙食，就让服务员送到我房间里吧。"

打那时起，惠芳就与冬瓜哥一起吃饭。她每餐发给冬瓜哥半玻璃杯白酒，冬瓜哥端起一掂，总会夸张地说"多了，多了"，可每次都喝得一滴不剩，然后就是锻炼，按摩。

奇迹源于恒心

转眼两年过去。惠芳另一条腿也有了知觉，她甚至能扶着墙走出好几步。冬瓜哥激动得抓住惠芳的手攥了又攥，然后，双手抱头放声大哭，吓得院长、服务员全跑了出来。等弄清楚惠芳有了重新站起的希望，所有的人都高兴得落了泪。

听到好消息，儿子、儿媳当晚就开车过来，向老妈祝贺。儿子给叶伯伯买了套新衣服，当然还有两瓶好酒。儿子差点要给冬瓜磕头了:"要不是伯伯,我妈周年都早过了。伯伯,我妈就拜托您老人家了。"儿子这样懂事、得体,这让惠芳万分欣慰。

儿子走了。惠芳要上厕所。

冬瓜还是像往常那样扶她进去。厕所里有专为残疾人做的坐便,惠芳说:"那东西要塌了。冬瓜,你不是说你看不见吗,好人做到底,你力气大,就像小孩那样,扶着我上厕所吧。"

惠芳自己也不知道,什么时候把"冬瓜哥"省略为"冬瓜"了。

"冬瓜,我现在扶着你能走挺远的路了。你带我看看那个林大嫂去吧。"惠芳央求道。

"谁?哪儿的林大嫂?"冬瓜一脸茫然。

"你不是说,邻居林大嫂经过锻炼,重新站起来了吗,我想跟她说会儿话去。"

"哎哟我的妹子哎,"冬瓜想起来了,"那是我怕你没信心,编个谎儿骗你的,说完哪还记得什么林大嫂。"

真是煞费苦心啊。

这天晚上,惠芳失眠了。

儿子白天说得对呀,没有冬瓜,她早死了。死了,谁代她继续心疼儿子,谁代她亲眼看到儿子的儿子是什么样子?冬瓜能给她生命,她难道不可以给冬瓜一双眼睛?有一天,冬瓜搀着她去冬瓜的那间小平房。现在托付他侄儿经管着,如果两个人相互帮衬着在那里度过晚年,该是多么温馨啊。

儿子的话又在耳边响起:"我妈就拜托您老人家了。"

自己不枉守寡多年，含辛茹苦地供儿读书……读书人通情达理，理解老年人也需要感情的慰藉，他那话，就是含有鼓励与暗示，惠芳怎么会不感激儿子呢。

天刚亮，冬瓜照例扶她出门。走出大院，惠芳坚决地说："冬瓜，你得娶了我。"

"你说什么？"冬瓜声音都变了，"这怎么可能，我是个瞎子。"

"反正你得娶我。我什么都托付给你了。"惠芳不容置疑，她一把搂住冬瓜，眼泪鼻涕都流到他肩膀上了，"你给了我生命，并且给了我关怀。我生日那天，这个世界上只有你给我买了化妆品，你多无私啊，我打扮得再漂亮，你自己却看不见。"

"惠芳，你不用感谢我。我心甘情愿这么做的。"冬瓜说，"你趴在我肩膀上，我就觉得幸福。说来伤天害理，我还天天怕你彻底康复，那样就扶不到你了。"

惠芳的心又是咯噔一下子。冬瓜对她如此依恋，不嫌弃她瘫痪，她更应当终生伴随在身边了。

冬瓜说，他还得感谢惠芳。小时候，惠芳偷瓜、偷李子，还唱歌给他听。

"错了。冬瓜哥。"惠芳一鼓气，说出了真相，"你说的是后来嫁到河北的小带弟，她心善良，总去关怀你。可我小时候挺坏，经常偷偷地从篱笆外扔土块或者小瓜纽儿打你呢。"

冬瓜紧紧地抱住惠芳："我一个瞎子不可能记错事的。

从前是故意那么说。其实我也感谢你。你不知道我自己坐在院子里编筐，多寂寞。你能跟我淘气，就说明有人拿我当人，我怎么能不感激。"

为自己活一回

惠芳就成了冬瓜的恋人。两人商量，入冬就领结婚证。

这一天，儿子喜气洋洋地来看妈。儿子告诉惠芳，他要提科长了。公示、民意测验，一点问题没有，刚才他是喝了同事们摆的加官酒。

惠芳让儿子把她扶到了外面。她告诉儿子："妈要跟你商量个事。妈想跟你叶伯伯到一起过日子。这样，我锻炼好了，既能照顾他，也还能看到你们两口子的今后。"

"什么？"儿子脸一下子变了，"妈，您怎么有这想法？"

儿子说，他好歹是个知识分子，现在又当了官。妈改嫁给谁都无所谓，但嫁个瞎子，这让他怎么在领导、同事前抬得起头？

惠芳说："说这话没良心了。若没有叶伯伯，妈早死了。"

"不行。坚决不行，恩情不等于感情。"儿子说，"假如您当初死了，那是另一回事；现在活着，就得活得合情合理。当然，咱要感谢姓叶的，我可以给他补偿。"

儿子走了。惠芳痴呆了一样。她突然明白过来，当年为了儿子守寡，眼下她还必须为了儿子的脸面，远离瞎子。按儿子的话说，假设前年她死掉，那倒正常；假设嫁给瞎子，那就是有悖常理。在儿子的心目中，当妈的嫁给瞎子，还不如当初死了。

惠芳流了一夜泪。她不知如何是好。

天亮了，冬瓜没来搀她锻炼。惠芳一下子感觉世上好像缺少了好多好多的东西。她挣扎着下地，扶着墙去喊服务员。服务员告诉她，昨天夜里，惠芳的儿子、儿媳双双来看冬瓜伯伯，给他一万块钱，求他别骚扰妈妈。冬瓜没有收钱，而是当着小两口的面，让服务员结了账。小两口千恩万谢，不但帮助瞎子搬行李，还用自己的车给送回了家。

原来是这样。惠芳回床上躺了一上午。

吃过午饭，下起了大雨。惠芳看着窗玻璃上的雨水，呆呆地想，冬瓜的房子能那么快就腾了出来？他侄儿会尽心尽力地帮助收拾吗？屋子现在漏不漏啊。想着想着，她心一动。她决定嫁瞎子已经不是感恩，她确实离不开对方了。熬到天黑人静时，惠芳披上雨衣，悄悄摸出了大门，靠手电的光，扶着墙一步步向冬瓜的小平房移去。

过了这条马路，就离冬瓜家不远。惠芳记得路对面有只邮筒，她憋足气，趁没汽车的机会，硬撑着过了这条路！就差两步便可倚着邮筒喘口气了，可恨那只脚抬不起来，被马路牙子一绊，她倒在了雨水中。倒下时，她听到服务员一声喊叫："阿姨！"原来是院长带着服务员追了过来。

"大姐，您怎么自己跑出来了，多危险。"院长心疼地批评她。

惠芳求大家把她扶去冬瓜那儿。

院长很为难:"是您儿子把您送到这儿来的,随便送走,我们负不起责任呀。"

惠芳把她与瞎子的事说了。院长和服务员们都感觉冬瓜虽然是盲人,可两年多他每天四次、风雨无阻地强制帮助惠芳锻炼,每天两回一丝不苟地按摩,不但做儿女的办不到,就是法定的丈夫,有如此耐心的世间也少有。就算感恩,惠芳也应当反过来去帮人家一阵,但是,她儿子过来打官司怎么办呢?

院长正犹豫不决,又听到一个熟悉的声音:"惠芳?是惠芳吗?"

众人抬头一看,路灯映照着一个黑影正踉跄地过来,那是盲人冬瓜。就像有人牵引一样,冬瓜径直过来,一把拉住惠芳:"我刚才梦见你自己上街摔倒了。惠芳,你这样子还不能自己走。你儿子说了,要给你买健身器材,保证你足不出户就可以康复。"

"不!我不要什么器材,我需要个活人。"惠芳一头扑进冬瓜怀里,并把他抱得紧紧的,"我今天起,要为自己活一回,任何人也不可能把我跟你分开。"

大雨中,院长和服务员们都哭了。

社会万花筒之中国好故事系列丛书

真正的救赎

碰壁后的转机

  大清早,我带上丰厚的礼品和一张巨额的银行卡,独自驱车前往杜晓阳家。虽然心里有所准备,但事情仍然出乎我的预料,杜晓阳的妈妈冷面如冰,就差扑上来挠我的脸了。她口口声声说,独身一人把儿子养大容易吗,凭什么为屁大点儿事就给杀害了?别说我给她100万,就是出一个亿她也不动心。这个女人越说越激动,说她的意愿只有一个,那就是凶手给她儿子抵命。假如法院判不公,她决定一直上访到北京,北京不管,她就拎一桶汽油,去市委门前自焚!我怕她越喊声越高,把左邻右舍都吵醒,那场面会无比尴尬,便只好边赔着笑脸说着小话,边退回车里逃之夭夭。

  我是一个令人羡慕的小小企业家。有多少财产呢?这么说吧,从今天起,就是在别墅躺着不动,挑爱吃爱喝的消

迷恋电脑的男孩

费,吃它个几百年,钱还是花不完!可是,金钱并不是万能的,我遭遇了连连的不幸。先是老公跑到了国外,后是儿子出了事。我呕心沥血地把企业经营做大,含辛茹苦地把儿子拉扯进这所名牌大学,受的苦那真是鸡不啄狗不舔呀。可能是过于心疼儿子,竟然把他惯出一身臭毛病,就为了几句闲话,他居然用水果刀把同室好友杜晓阳给扎死了,并且被捕后,态度极其恶劣,还叫嚣说扎得轻了。我咨询过几位律师,说法不一,有的说我儿子算是激情杀人,不至于判死刑;有的就说,我儿子不排除被判死刑的可能,关键是受害者家人的态度。

我把希望寄托在杜晓阳妈妈身上。我探听清楚了,我俩命运相同,都是被抛弃的女人,只要她高抬贵手,我不但给她巨款,还要把她接到我身边,今后姐妹俩休戚与共,有我吃的,就饿不着她。然而,对方油盐不进呀,险些就把礼品掼到我头上。我是谁呀,号令一声,上千员工动都不敢动,这些人哪个也比她档次高呀,可我还得向她低头哈腰,这不都是让我那小冤家给害的!

我迷迷瞪瞪开车往前走,看见对面过来一个和尚。我赶紧停下车,说了我的苦处,并送上一叠香火钱,希望这位僧人能帮助我。大师接过钱揣好,便闭上眼睛念叨了一些什么,然后,睁开眼说:"女菩萨,你很快就会遇上贵人的。你只要诚心做一件善事,孩子的命就有了救。"

"善事怎么做?大师明示一下好吗?"

那和尚说了句:"急者急,不急者不急。"说完,施了个礼就走开了。

她会是贵人吗

　　这话含有什么玄机？我百思不解。目视着大师远去后，我继续开着车往回走，走到一条小胡同前，看见前面有个白发苍苍的老太太，手里拖着个肮脏的编织袋，正弯腰要捡路边的一个矿泉水瓶子。她刚弯下腰，手还没触到瓶子，突然刮过一阵风，把老太太枯草般的头发吹得乱蓬蓬竖起来，那瓶子也被刮得滴溜溜滚过路中心。老太太不顾头发，弓着腰紧追不舍，这时，飞驰过来一辆汽车，直奔老太太而去，吓得我紧闭上双眼……

　　谢天谢地！那汽车只是从老太太身边擦过，仅仅把她装东西的编织袋轧瘪了一截。那老太太只是如释重负似的直起腰，首先查看她的袋子破没破，然后，把手中的瓶子放在地上踩扁，小心翼翼地装进袋子里，又心满意足地朝下一个瓶子奔过去。

　　望着那苍老的背影，我心里一阵酸楚。这么大岁数了，为点废品，担多大的风险呀，社会不管她吗？她没子女吗？

　　我下车，折进一家小超市。买了点小物品，顺便向收银的女孩打听一下那老太太的情况。女孩只知道老太太来自乡下，亲人好像是死了，她风雨无阻地以拾废品为生。拾荒的同行们故意让着她，这一带、包括后街那个小公园，都是她的领地，没有人抢她的生意。最后的答案吓我一跳，老太太冒着生命危险捡到的矿泉水瓶子，仅仅能卖5分钱！我的天，照这样算，她每卖100元钱，需要捡2000个瓶子，她老

迷恋电脑的男孩

人家要弯腰2000次，要跑多少路呀。

　　这种人最需要帮助。我感觉老太太给了我做善事的机会，她就等于是我和儿子的贵人了，我怎么可能错过她呀。

　　我开着车超到老太太前头。然后下车迎过去几步，冲她鞠了个躬："大妈您好。感谢您帮助这城市清除了垃圾，净化了环境。我这点小心意……"我斟字酌句地说，怕一不小心惹着了她，错失我做善事的良机，"这点钱不成敬意……"通常购物都是刷卡，钱包里只有几张百元纸币和刚才小超市找零的钱，我全都掏出来，双手递了过去。

　　这些钱要是变成瓶子，我的小车恐怕也装不下，我以为老太太不定有多惊喜呢。谁知道她吃惊地睁大两眼盯着我看了好几秒，那眼神一下子又平淡下来，她说："闺女，谢谢啦。我不缺钱。"然后，把编织袋往肩上一甩，转身就走。

　　"大妈，您留步。"我决不能放弃这个机会。我一步蹿到她前面，"我就这点现金了。您嫌少，我明天送给您更多。"见她迟疑着不接，难道怕我是骗子？我索性把钱放到她脚下的地上。

　　"你回来！"老太太喊住我，"人民币是不能随便扔地下的，你像个有档次的人，怎么连这都不懂。捡起来。"老太太说罢，扬长而去，扔下我在原地发呆。

再次接近

　　我打了个电话给总经理，说我不到公司了，让他处理好日常事务。安排完后开着车回家，躺在了床上。今天一早怎么啦？杜晓阳的妈妈，一个打工女人，儿子刚刚离开；另一个年已古稀的老太，没了亲人，弯腰去捡只值5分钱的瓶子，她两个是世界上最需要钱的人，为什么偏偏视金钱如粪土？不行，救助老太太的事要继续下去，拯救她，就是拯救我的儿子。我这么大个董事长这点事都搞不清楚，连自己都无法原谅我自己。

我打电话让秘书马上送一编织袋矿泉水瓶子过来，并在全体员工中找一套最廉价、适合我体型的衣服，把自己打扮成一极其普通的家庭妇女。我开着车到那条街上，把车子停好，躲在树荫下观察。等了足足半个小时，我的脚都冻得有些发麻，那老太太出现了。我赶紧迎上去："大妈，这些废品没用了，麻烦您替我捎走吧。"

见到那么多瓶子，老太太脸上现出一阵惊喜："闺女，你真不要了？"我刚刚点了点头，她突然脸色一变："你不是早晨送我钱那个富婆吗？怎么换个马甲来蒙我，你到底打算干什么？"

老天，她那双眼不但认识废品，还能认出乔装打扮的我来！我急中生智，堆下笑脸，说我不是富婆，是记者，看到老人家为环保做贡献，所以，想采访点素材。多亏一些记者总去烦我，才让我知道了一些写作方面的术语，不然，非穿帮不可。

老太太听说我是记者，两眼放出光来："闺女，你真是记者？太好了，俺就佩服记者，你看焦点访谈，尽说些老百姓的解气话。"

"大妈，这还有假呀。"我忍着不舒服，模仿她的样子,并排在马路牙子上坐下来。

老太太兴奋地说:"记者同志,救一饥不能管百饱,你能天天救济我吗?"

"能。"我诚恳地说。只要满足我行善的愿望,那点钱对我说连九牛一毛都称不上。

"你能给,可我却不忍心要。"老太太说,"不过同志,你可以把我的事写一写。"

"大妈,您还是叫我闺女吧。我妈妈过世早,能有您这么个妈妈,是我的福分。"那一刻,我真心实意想认她为母,为她养老送终。只要能救儿子的命,每天给她洗脚擦身,我都毫无怨言。

老人家真是被我彻底感动了,她颤抖着双唇,讲述了她的经历。

捡到一个妈

她是山沟一农妇。独生儿子患结核病过早去世,儿媳跟别人跑得没了影儿。是她老两口把孙子拉扯到16岁。孙子长得阳光帅气,既懂事又聪明,在镇中学读书,经常考第一,老师们没有不夸的。但不幸的是,就在他快毕业的时候,有一天去街上买文具,被一个在逃杀人犯劫为人质,后来,杀人犯腰间的炸药不知道怎么就响了,把她的孙子给炸死了!

孙子没了,老汉很快病死,她也几乎成了疯子。住在那个山沟触景生情,感情上受不了,老太太就辗转来到这座城市。家乡政府也补贴她一些生活费用，可老太太不愿意闲着，她每天拾废品出售，卖了钱，就买成文具，跑到一些学校，专找16岁的男孩，看哪个困难，把文具送给他……老人的心灵多少得到了安慰。

几年前，老太太在垃圾堆边拾到了一个女弃婴。这可是老天可怜她，晚年送来的希望。她悄悄把女婴抱回家，起名盼头，千辛万苦地喂大。她哪里想得到呀，小盼头三年前发高烧，送医院里检查，发现她患有先天性心脏病，敢情她是被狠心的爹娘视为累赘，故意抛弃的！

说到这儿，老太太哭了："闺女，你看我这叫什么命啊，现在我怎么办？我只好不再给学生送文具了，把拾废品的钱给盼头买些好吃的，让她活一天，快乐一天了。"

听着老太太的诉说，我感到通身一阵酥麻。多么善良可敬的老妈妈。我不过送人点钱，或者赞助点废品，就以为是行善了，跟这位乡下拾荒老太太相比，我算什么！认她做母亲，有什么不可！我冲动地说："妈妈，您别着急。盼头是您的孙女，也是我闺女，她的病我给她治，她死不了。"

老太太一把搂住我，说傻孩子呀，她打听过多少遍了，盼头要心脏移植，手术费得50万块，更要命的是术后还得终生用抗排斥的药，100万也打不住呢。老太太挺内行的，说你们当记者熬心血，写一个字只有几分钱，去哪里弄100万？

我告诉她，我买奖券中了500万呢，这回非救闺女一命不可。说罢，我坚持跟着老太太去她家，看看我闺女盼头去。

迷恋电脑的男孩

乖孩子盼头

我随着老妈妈来到她家门口。

破院门内一间简陋的平房,院子里堆着老人家捡回的废品,有的已分了类。听到门响,屋内一个清脆的童声响起:"奶奶,您回来了!"

"哎哟,我的小祖宗,你不许下地,外面冷,再感冒可就要奶奶的命了。你要静养,静养。"老妈妈急忙扔掉编织袋,开门抢进屋里,防止那女孩下地。

我随着老妈妈进屋。

屋里有些暗。小炕上,一个女孩穿着简朴而干净,扎煞着一双小手,看到奶奶,扑上来搂住脖子,那一通亲呀。女孩脸色有些惨白,那双大眼睛清澈透明,我一辈子也忘不掉。我鼻子一酸,眼泪就下来了。

女孩看了我一眼,热情地问候:"阿姨您好,我叫盼头。"

奶奶告诉她:"盼头,这是你妈妈,叫妈妈。"

我以为小盼头会扑上来搂住我呢。没想到,小家伙瞪了我一眼,扭头逃到窗台附近,那双大眼睛充满敌意地瞪着我:"我不。奶奶,您不能不要盼头呀,盼头乖,盼头听话。"盼头说着,掀开炕柜上的被垛,去最底层拿出一颗苹果,讨好地递过去,"奶奶,盼头一定孝顺您。奶奶,吃苹果。"

"哎哟,我的小祖宗呀,你怎么敢不听话。我不是让你吃掉它补身子吗,你怎么敢藏起来?"

25

小盼头看出奶奶并不真的生气，她转身又去掏出来一颗："这颗奶奶吃。这颗……给客人吃吧。"

我整个人傻掉了。那是怎样的两颗苹果呀，既小又瘪，歪歪扭扭的。我仿佛仅在儿时见过，似乎叫做国光，或许只有块八角一斤的吧，她祖孙俩居然给当成了补品。这回，我明白过来，小盼头是把我当成了她的生母，她至今还怀着一种被遗弃的仇恨呢。

老妈妈稳定下情绪，对盼头说："丫头，这回你有救了。你的新妈妈是记者，她愿意出钱给你做手术。"

你说这孩子有多懂事。她立即趴在炕上，咚咚咚地磕头："妈妈，您救救盼头吧，我不想死。我死了，奶奶老了，谁孝顺她呀。"

我一把搂住盼头，三口人哭得昏天黑地。

不是帮别人

我暂时没再管儿子的事。听说还有许多调查取证的过程，儿子的事，算不上迫在眉睫，我决定先拯救小盼头。这孩子如此可怜，有能力救她的人，眼睁睁地看着她走向死亡，那跟杀人有什么区别？我把总经理和秘书叫来，吩咐他们联系盼头住院和寻找捐献心脏的事。两个人这些日子让我儿子的事为难得如履薄冰，一听到换任务了，如遇大赦，屁颠颠地去了。当天夜晚，盼头就住进了医院。

我帮老妈妈换上体面的衣服，我俩在医院陪护小盼头。

迷恋电脑的男孩

事情出乎意料地顺利,小盼头入院不到一周,院方竟然联系到了她所需的心脏。小盼头顺利地进行了手术,看到医生们眼神里的那种成就感,我就知道,这孩子死不了啦。

也不知道是哪个嘴快,让我这个假冒的记者遭遇到正牌军。我拯救小盼头的消息让记者们捕捉了去,《企业家慷慨解囊,花蕾女孩获得新生》之类的报道同时登上了省城数十家报纸。我不得不临时换掉手机号,可记者们依然找到了病房里。我不胜其扰,向院长提出换病房,并且再三申明,不得透露小盼头的病房信息,否则,今后我的员工坚决不来这里就诊。

这期间我为小盼头处在极度的紧张中,渐渐把儿子的事情搁置到了一边。联想到老妈妈孙子的遭遇,我特别仇视那些制造不安定因素的人。我甚至这样反思,儿子走到这个地步,也算是他咎由自取,我不择手段地拯救儿子,对杜晓阳、对老妈妈的孙子公平吗?他妈妈生活再困难,儿子难道就该死?但是,这种念头立即被推翻,儿子是我今生的心血呀。老妈妈哪知道我的心事,她不断地劝我,小盼头不会有事的,你看,她恢复得多快呀。

正说着,房门开了,进来一个人。我抬头一看,眼前恰似炸响了一个晴天霹雳,是杜晓阳的妈妈,她是怎么知道这个地方的!我手足无措间,那女人抢先一步,扑通跪倒在我脚下,嘴里说着:"我的好姐姐,谢谢您,谢谢……"

她不是要拼命来的,这是怎么回事?我赶紧扶她起来,让她慢慢说。

我做梦都没想到,杜晓阳的妈妈同时也是小盼头的母亲。

当年，她和丈夫从外地逃到这座城市打工，其实是想偷生二胎。不料小盼头被查出那病，夫妻俩哪有能力顾及她呀，只好一咬牙，把盼头丢弃。丢弃了女儿，女人承受不住，精神上出现了抑郁现象，丈夫得知抑郁病可能变成精神分裂，很快便与别的女人消失在了外地。受到更加强烈刺激的晓阳妈妈反而冷静下来，她一步一跟头地把杜晓阳带大。

眼下晓阳没了，晓阳妈妈却在报纸上得到了小盼头的后续报道。老妈妈得知我的身份后，非常感动，连连为我念佛，并主动把拾到这可怜女婴的细节和当年一些物证透露给了记者。女人确认盼头是自己的骨肉，便迫不及待地赶到医院，费了一两天工夫，终于发现了盼头的病房。

"妹子，你放心，我知道儿子对你犯下的是什么罪行了。你放心，我不再做让你为难的事了。"

"不，我的好姐姐。"晓阳妈妈再次跪下，"求求您，别再提这事好吗，我家晓阳也有过错的……"

三天后，我单位的几位高层也来了，总经理拿着一张报纸，对我苦笑着摇头："董事长，您不是到处寻找这个高僧，要感谢他吗，您看。"

我接过报纸，上面赫然印着一张照片，正是那位高僧。再看文章，原来他是个假货，冒充僧人到处行骗的，被警方抓获，供词中还谈到骗我的经过……

捧着报纸，我感慨万千。不去晓阳家求情，我绝对不会从那条小路经过，不听那骗子一番话，我遇见老妈妈，也不可能生善良之心……我该不该再感谢那骗子一番呢？

神弹王一

据说王一吃奶时挺灵的，眼睛鼻子都会说话。长到四岁时，父母双亡，他爷爷才发现宝贝孙子不对劲：教他数数儿，10个数数不全，你一急他就哭。爷爷是远近闻名的医生，养出了这样的孙子，哪会服气？数数儿不行，怎么也得会认字吧？爷爷干脆给他取学名"王一"，总共四横一竖的名字，就是再笨也学得会吧，架不住姓氏优势。哪想到就是这么简单俩汉字，王一他今天好不容易学着写会了，明天又可能写成"土一"或者"干二"，有时甚至一竖两端出头，不念什么字了，那"二"字居然上长下短！气得爷爷跪在祖坟前一通痛哭："罢罢罢，都道'十分精神用七分，留下三分给儿孙'。想是我显露太盛，隔代才出了这么个没用的东西，都是报应啊。"

王一不会识字、数数儿，却对摆弄牲口表示了极大的兴趣。哪个猪倌儿、牛倌儿，赶着猪、牛打门前过，无论吃着什么好东西，听到吆喝声，他会立即扔下饭碗，跑出门去，眉飞色舞地看，直到目送得人家不见了影；剥玉米粒子，他会把脱了粒的棒骨子，在炕上垒成猪圈、牛栏，选小个的棒骨作牲口养在里面……爷爷对此很是反感，爷爷希望他读大学，光宗耀祖，哪容他摆弄牲口？所以，每回让他"圈"倒"畜"散，惹得他哭闹不休，爷爷毫不手软……实在没指望了，爷爷教他唱戏，他哪里记得住戏文？偶然有赶马车的打门前过，车老板儿一甩鞭子，叫了一声"驾"，王一听到了，张口模仿，那声音跟老板的一模一样！气得爷爷第二天就把药铺关了门。"都说'杀人放火现得济，修桥补路惹闲气'，一点不假。我当大夫活人无算，老天爷让我后代无人，不干了！"刚关了药铺，王一的奶奶又卧床不起，最后一命呜呼，祖孙俩经这一番折腾，变得一贫如洗了，只好躲到山沟里求生存。

王一六岁那年，全国解放。划定成分，王一的爷爷吓出了一身汗：若不是让孙子气昏了头，他哪里肯关闭药铺？如果还开药铺，那肯定是地主成分，这祖孙俩可真就毁了。王爷爷由此对王一刮目相看："这孩子傻是傻了点儿，却是个福星哩。"见孙子喜爱摆弄牲口，就遂了他的愿，让他给人家放猪放牛，劳动光荣嘛。王一也整天乐得闭不上嘴儿。

这王一摆弄牲口，有着天生的灵气。别人放牧，今天吃了人家的地，明天钻了人家的篱笆，就王一，无论放多少牲口，那畜生都听他的。王一不知何时练就了一手绝活儿：鸽子蛋大小的石子儿，于两手食指间相扣夹住，用力一拽，石

迷恋电脑的男孩

子脱手飞出,击向目标,百发百中且凶狠无比。别看认字不行,他能给牲口取上名字,石子儿揣满一兜,遇有牲口不听拘管,他威严地大喝一声,"黑头子,回来!"石子应声而至,那牲口身上就打起一枚小包,下次再也不敢!渐渐的,村里牲口都托王一放牧,别人孩子还躲在娘衣襟下撒娇呢,王一就当上十几口牲口的长官了!

王一十五岁那年,全国闹饥荒,树皮草根剥光抠尽,村里饿死不少人口,牲口几乎被杀光吃绝,王一麾下只剩下5头生产队的瘦牛,还得赶到大老远的深山里才寻得到草吃。爷爷饿得奄奄一息。王一说:"爷爷,愁什么?您给我一只口袋就妥。"王一砸好一堆石子儿,赶着瘦牛入了山,晚上回来,口袋里鼓鼓囊囊装着16只雀儿。王一说:"爷爷,别吱声,让人抢了去。"爷爷看了傻孙子半天,突然搂住他大放悲声:"那些养着聪明儿子的,都见了阎王,哪想到我得到这傻孙子的济了,还是当年治病救人积的德呀。"

王一不识数,却有他自己独门数数儿的技术:山中的鸟儿不管大小,除非别当他面前叫,一叫,那命登时就没了。王一石无虚发!王一只识4个数,他每打够4只鸟,就摆做一堆,打够了4堆,就算完成了"任务",此时,就算有鸟落他头上拉屎,他也不再杀生。有时爷爷也好奇:"你咋就识16个数呢,难道不能多一只少一只?"王一回答,依着我的意,都打光了,明年吃什么?惊得爷爷老半天闭不上嘴:"想不到你这数全在心里,这孩子是奇人!"打那以后,谁**说王一傻,爷爷就跟人翻脸!**

祖孙俩就靠这每天16只雀儿的补贴，熬过了灾年。

成了正式社员，记工员觉得王一不像个名字，就给改成"王老一"。爷爷幻想能抱上个重孙子，一天到晚颠颠地这家跑到那家，央求乡亲们给孙子找个媳妇。可邻居们当面答应，背后没有使劲儿的，也就老爷子自个儿觉着他孙子像个人，其实就是个挣工分的机器，四五六不懂，谁家闺女嫁他呀。

这年冬天，县城闹起了武斗，大白天子弹乱飞，把无辜的市民给打死了，搅得人心惶惶。一个大雪纷飞的拂晓，祖孙俩正在梦中，猛听得小山村几十条狗吵成了一锅粥，爷爷爬起来开门，就见一个衣衫单薄的中年汉子，踉踉跄跄一路跄过来，见是王老一的爷爷，只喊出一声"老哥哥救我"，便一头栽进雪地里……爷爷听出，这不县委林书记吗？前两年，他太太得了怪病，人家还特意派人接自己去给治好了，从此两人成了忘年交，林书记还送来过细粮。祖孙俩把林书记背到炕上，换下他被雪水汗水湿透了的衣服，可怜这老革命，浑身上下伤痕累累，几乎找不到个好地方！

"谁给你打成这样的？"爷爷眼珠子都红了。

"造反派。"林书记说，"绑进去什么不问，就是个拳打脚踢。老哥哥，我被反动派抓过，也受过刑，我并非怕死，就是在自己的政权下受这帮无知后生的污辱折磨，不值呀。"林书记见造反派头子欲置他于死地，这才乘看守不备，逃进了深山里。

话没说完，又听狗叫一片，比上回更凶。林书记脸色陡

迷恋电脑的男孩

变："他们撵来了，没想到这么快！这却如何是好？"

爷爷说，你安心躺着，我有个孙子呢，一石可当百万兵。喝叫："孙子，你带石子儿上房，听爷爷的号令。"王老一搬把梯子，爬到顶端，一脚踩着梯子梁，身子斜倚在草屋顶的积雪上。此时，足有20多个年轻后生，一色的草绿军装红袖标，气喘吁吁地朝山坡上奔。爷爷挺立在雪道当中，大吼一声："站住，干什么的？"

追在前面的是"司令"："老同志，有人报告，林向阳畏罪潜逃，现在藏匿在你家，快把他交给红卫兵小将接受批斗。不然，就是破坏文化大革命！"

爷爷一直关注这场动乱，知道内情。冷笑一声："毛主席教导不要武斗，你们把他折磨成那样，比反动派还反动派。他打江山的时候，你小子还在你爹的腿肚子里转筋呢。我懒得跟你动手，你们这一伙也不够老汉一袋烟工夫收拾的。"

"老家伙，死到临头，竟敢口出狂言。战友们，上！"

"慢！"爷爷手一挥，"孙子，这小子年轻无知，先别打他的眼，打胸前上数第二个扣子。"话音未落，随着一声"呜——啪！"，司令顿觉胸口一震，上数第二个扣子被打得粉碎！爷爷又吩咐："打那喇叭！""叭"字刚出口，那个女头领手中的喊话筒"当啷"一声，飞出去老远，一颗石子竟然牢牢嵌进了话筒的铁皮里！爷爷哈哈大笑："听着，事不过三，再不给我滚，来一个单摆，来两个双摆！"

司令一抬头，屋顶上凶神恶煞般一个青年，神秘武器

33

就是他发出的,若是击中脑袋,那还不穿个洞啊。孙子都如此了得,这爷爷哪里惹得起?马上带着人狼狈溃退。后来得知,司令带人抢军火库,遭到驻军坚决抵制,武器没有到手,后来,上面严令复课闹革命,这才不得不打消再下山沟报复的念头。

王老一从此被林书记称为"神弹"。

林向阳书记休养半年多,得到组织落实政策,恢复他职务的通知。临走时,含泪拉着爷爷的手,说再生之德,永世不敢忘,可他不能官报私恩,那就自己意思意思吧。见王老一虽然不怎么灵巧,却也憨厚可爱,他林向阳有一女儿,长得丑些,又时犯癫痫病,若不嫌弃,就做一次新社会的包办婚姻如何?爷爷愁的就是孙子的婚事,不由大喜过望,当时叫王老一给岳父鞠躬,事情就成了。

王老一跟林向阳的女儿举办了革命化的婚礼。爷爷担心王老一脑袋不灵活,万一把小夫妻间的事跟邻居瞎嘟嘟开来,岂不留下笑柄?然而,王老一对此事守口如瓶,一个字都休想套得出!孙子又晓得疼老婆,哪怕得到一块橘子瓣糖,也要纸包纸裹地夜里留给媳妇,媳妇说,嫁这么个男人,挺知足的!

那时候,医院让革命闹得连青霉素都找不到,爷爷便重操旧艺,用草药把孙媳妇的病治好,过门后,再也没犯过。喜得林向阳直夸,女儿有了第二次生命!孙媳妇接连生下一儿一女,爷爷年过70,一天到晚喜滋滋的:"临秋暮晚,我还要得重孙子的济呢。"

迷恋电脑的男孩

此时,岳父在市长位上离休,要接女儿女婿去城里享福,也为外孙子、外孙女上学便利。可爷爷厌烦城里喧闹,一家五口就暂时留在山村。

王老一的儿子栓保,长到10岁,读书也学不进去,媳妇愁得直跺脚。老一说:"人生世上,都带着吃饭的命哩,你急什么。"两口子带栓保下田,小家伙在地头摆弄爸爸的猎枪玩耍,突然,头上掠过一只老鹰,这孩子抬手一枪,居然把老鹰给打了下来!王老一傻呵呵地咧嘴大笑:"咋样?你种苞米,它长不出大豆就是的!长大了当兵,一枪一个敌人!"

打那以后,栓保就天天玩枪。再以后,省政府禁猎,枪没收了。栓保没了玩具,书更没心思去读。老一问岳父:"栓保论读书啥不是,可他打枪行,有没有打枪挣钱的活儿?"岳父说:"就看他是不是那料。"让老部下联系射击队的教练,过来又测体能,又量身高,折腾了半天,摇头:"老首长,爱莫能助,这孩子没有培养价值。"

王老一这回真火了:"你知道我儿子还是我知道?让他打几枪。说,怎么打吧?"

栓保拿枪在手,略问了几句使用方法,瞄也不瞄,当当当一连五枪,嚯,从一个眼里穿过!王老一媳妇反问:"你教过这样的学生吗?只要俺家傻子说行,就没有不行的。"又把女儿拽过来,让她打,成绩也相当出色!

栓保和妹妹同时被省射击队暂时试用,训练了一段,恰赶上全运会,兄妹俩夺得一金一银,破了本省射击史上的纪录！喜得省长亲自接见，当时奖品也就一套尼龙运动装，又给安排了工作而已，这也让小山沟热翻了天！妹妹没拿到金牌，一直撅着嘴："比赛穷规矩太多，一害怕，就没打好！"

后来，岳父去世，王老一带着百岁高龄的爷爷，全家搬到省城。王老一被省射击队聘为特约顾问。其实他什么理论也不懂，就是遇上教练选拔射击运动员，得请他去看，无论试射成绩如何，他说这人行，日后必出成果；说不行，即使基本功再好，将来也只是名普通的选手而已。组织上当然不可能照他没根据的说法去确定一个运动员的前途，然而，当初不被教练看好的，只要老顾问点了头，还是要留下的。据说经他认定的十几名苗子，包括输送外省的，都成长为一流选手！

后来，有关部门组织各方面的专家，对王老一进行诱导性咨询，然而，哪个也没搞明白，王老一判定某射击运动员有培养价值的理论根据是什么，王老一只会说："我看他中，就中呗。"老伴也急："你怎么像个巫婆似的！"王老一脖子一梗："巫婆就巫婆，有饭吃就中！"

迷恋电脑的男孩

残酷的竞争

太阳村的汪仕财近日跟老婆离了婚,他独自跑到南方半个月,便盯上了一种最新刷墙涂料的生产技术,并和传授技术的厂家签了合同,只要花2万元的技术转让费便可由他生产、销售。汪仕财的老婆离婚后,扔给他三间窄房,足可以当厂房用,可是,那2万元技术转让费却没法落实。他人缘差,跑了东村跑西村,好话说得无其数,一个子儿没借着,这工夫正躺在床上发愁呢。不想有人把钱送上门来了,你说邪不邪?

开门进来的是一位50上下的中年人,他自我介绍道:"我叫刘秉旭,是这儿的老户,'刘大豆腐'听说过吧,那是我爹。"

汪仕财自然知道"刘大豆腐",眼下他住这三间瓦房就是买了人家的草房,后来翻盖的。他以为当年房钱没讲明白,来讨账的。可对方笑眯眯地递上一支烟:"兄弟,我送你1万元，跟你合计点事。"接着，一捆崭新的百元大钞"啪"地放在炕上。

汪仕财眼光一亮，随即又镇定下来。平白无故送钱，哪有这好事？肯定有文章。他盯着刘秉旭的脸，等他的下文。果然，对方沉不住气了："兄弟，我就是要在这儿干点事，需要你把房子和菜园腾出来，最多两月，也可能几天，达到目的就走。怎么样？"

汪仕财怀疑是做梦。但他这人城府深，心里乐得不行，脸上不改颜色："钱你先收回去，这事，我明天想想才能定下来，可以吗？"

对方一笑："当然可以。不过，咱们要公证一下，免得日后发生争执。"

话到了这个份上，汪仕财更犯了合计：什么事，白送我1万元，还怕我反悔？他一夜未睡，想了好几百种办法，只等明天姓刘的再来，与对方来一番智斗。

第二天，姓刘的刚坐下，汪仕财便说："不行，那事别合计了。"刘秉旭果然着了急："你嫌钱少，好商量。给你2万怎么样？这可是到顶的价，不能再加了。"

汪仕财心想，果然不出我所料，这里面有文章。他决心把戏继续演下去，便端出早已买好的烧鸡、炸鱼，摆了满桌子："老哥，人生难得有缘，咱买卖不成仁义在，来，先喝几杯再说。"那刘秉旭当真经不住诱惑，先说不吃不吃，屁股却紧往桌前挪，这就你一杯我一杯地喝上了。

刘秉旭不胜酒力，几盅下肚，舌头发硬。汪仕财趁机问他:"老哥,你要这地方,可是想毁我的房子,还是要生产假烟假酒?"

这一问,刘秉旭火了,唠唠叨叨地说:"我毁你房子干啥?假烟假酒犯法,咱不干!咱靠劳动致富。"

汪仕财继续给对方斟酒,刘秉旭越喝越兴奋,到底把实话给抖落出来了:原来,抗日战争时期,杨靖宇将军率众英勇抗日,受到了海内外爱国人士的敬仰,他们纷纷募捐,凑成一笔巨款,支援抗联。但侵略者既歹毒又阴险,他们实行归堡子政策,把群众强行迁到集中营,不准与外界往来。这一来使得抗联有钱也买不到粮草,处境万分困难。杨靖宇将军决定,把这笔巨款深埋,待有机会再取出。后来将军殉难,极少数的知情人也都在激战中牺牲,这些深埋在地下的巨款便成为一桩迷案。

有关这笔巨款的传说,汪仕财也听说过,杨靖宇也的确率部队多次在这一带活动过,难道那与这房子、菜园有关?

刘秉旭压低声音继续说:"我十来岁的时候,跟爹挖土,挖出一个小洋铁罐,里面装的是金条。我不认得那东西,可记得爹当时脸色煞白,千叮万嘱不让我说出去。不久,他把房卖掉带我和妈去了南方。再后来,他失踪了,近几年才有消息,原来他偷渡出境,成为富商,后来死于肝癌。我想,爹肯定是挖着那笔巨款了,只是没敢多拿。如果把它挖出来,那……哈哈!"

汪仕财的心突突狂跳,就在他身边的某一处,埋着成堆的金条!你刘秉旭花花肠子多,凭2万元便想独吞恁多财宝，没那便宜事！他把喝得东倒西歪的刘秉旭架出门去，便又躺在炕上想起主意来。

过了一天，刘秉旭再次来商量这事，汪仕财说："要干，必须咱两人合伙，得到对半分，可是，我最近有大事要办，你真有诚意，我处理完大事再说。"

刘秉旭无奈，只得点头答应合伙，他临走时，告诉汪仕财："老弟，你有事尽可办，但不要瞒着我独吞那笔财富，否则，后悔药没处买去。"

汪仕财眼珠一转："你说的那些金条，到底埋在哪个部位，咱俩现在就挖，岂不省事？"

"兄弟，我傻吗？多少年的事，怎能记准？再说，起码得签份合同，我把它找地方搁着，万一挖出金条珠宝，你把我害了，那合同会成为破案的依据。"

从这天起，汪仕财坐火车跑出一站地，在那边租了一间小屋，每天早出晚归，对外说，出去办事，其实，白天他在那小屋里倒头就睡，把精神养足了，晚上就回家去实施他的挖宝行动。

汪仕财准备了很多编织袋，当做挖土的工具，待到夜深人静时，挖出土一袋一袋地往仓房里送。为了避免漏掉宝藏和避人耳目，汪仕财挖得很深，他把泥土扛到仓房里，天明时，把挖的坑伪装好，在小园里种上菜。他整夜下苦力地挖，就像挖地道差不多。后来他想出办法，挖过的地方，可以用来装土，这样，省去了往仓房运土的力气。汪仕财越干越会干，越干越卖力。

迷恋电脑的男孩

可是，姓刘的也挺难缠，他过几天便来找汪仕财打听，事情办得怎样？啥时共同开发那笔财富？汪仕财只好和他应酬，姓刘的虽鬼，但也没瞧出什么破绽来。

汪仕财与刘秉旭唠叨喝酒时，也常常拐弯抹角询问宝藏到底埋在哪儿，知道个大体方位也中。老奸巨猾的刘秉旭到底让汪仕财套出了实话，他含糊其辞地说：在菜园的北半部。

这一说，差点把汪仕财气死。因为他辛苦了三个月，刚好从南半部动手，那北半部还没动呢。假如他当初从北面动手，那宝藏岂不是早挖出来啦？

汪仕财不灰心，不气馁，仍旧夜夜挖土不止，可直到他把整个菜园全挖了个遍，也没发现一点宝藏的痕迹！

汪仕财精疲力竭地躺在炕上琢磨，是不是那个刘秉旭记错了地方？如果真是这样，那干脆，2万元卖给他算了！汪仕财这才记起，姓刘的好长时间没上门纠缠了，他到什么地方去了？

汪仕财决定，把园子卖给刘秉旭，白拿2万元钱，重新实施他一度中断的特种涂料的生产计划，只要该项目一投产，要不了2年，他照样成为大亨。

但万万想不到的是，汪仕财发现当地大小商店已陆续出现了那种涂料。商标名称：无敌牌。一看厂址，就在本县。

汪仕财绝望了，他一直寻到那家涂料厂，想看一看夺他饭碗的那位竞争对手是何许人？推开经理办公室大门，他一愣，沙发内端坐着的，正是要与他合伙挖宝的刘秉旭！

刘秉旭哈哈大笑:"汪老弟,怎么样?挖到宝藏了吗?你小子够毒的,听说有宝,竟把我稳住,夜里独自干。可是你上当了,我就是利用你这种心理。骗你放弃生产涂料的计划,现在我抢时间把这种涂料生产出来了,并且已经打开了销路,你已无力和我竞争了。不过念在当初还是听你自己说出涂料这一信息的情分上,假如你不嫌弃的话,可以来这儿当一名工人。"

汪仕财顿时眼前金花飞舞,昏了过去……

家乡这张脸

　　腊月二十九上午，长春市郊区某胡同温州小吃部门前，停下了一辆挂黑龙江省车牌照的外地出租车，车上走下来一位年轻女子，进入小吃部。大约过了10分钟，司机大老董也下车推开小吃部的门。服务员立即微笑着迎过来："您好先生，请问要吃点什么？""我不吃饭。刚才有位年轻女子进来找人的……""噢，是这样。"服务员很失望的样子，"没找人的。你问刚才那个女的，从后门出去了。"

　　大老董按服务员的示意推开那扇后门，见是一个品字形住宅楼，从这里往前四通八达！大老董脸色陡变："这怎么还有后门？我让人骗了，这女人说进饭店找她姐一起回家，车费还没给我呢！"

　　"咋回事呀，先生。"

　　大老董拍着大腿："我是黑龙江双峰县的。昨天挺晚了，那个女的要打我车到长春。我担心路远不想接这活儿，可架不住她再三哀求,说她姥姥病危,再不回家就见不上了,并且答应给我1000元车费。我们县今年车太多,揽客生意不好,见她钱给到位了,又只是一个女人,盘算着明天赶回去过年耽误不了,我也就动了心。没曾想这干了10多年的老出租让她给涮了。长春人咋这样啊?"

小吃部老板起初只在柜台里忙他自己的,听到这话,腾地站出来:"哎,你这师傅,干啥说她是长春人,你有证据吗?"

大老董眼睛一瞪:"不是长春人,她对地形这么熟!"他转身出门,从车后备厢拎出一只乘客遗留的密码箱,打开一看,更是傻了眼,里面除了几件旧衣服,啥值钱的也没有!

"我可让长春人给坑毁了。这么个损地方,真不该来呀……"大老董欲哭无泪,气得直捶自己的脑袋。

"哎哎哎,"那老板急忙去拉司机的手,"有话好好说,遇难想主意,你别自残呀。说别的啥都好使,你要是扯长春,哥们儿可得跟你说道说道。"

"不是你们长春人,她咋指挥我直接奔你有后门的小吃部,咋会逃得恁麻溜?我要赶回家过年呢,让她坑得好苦哇,"大老董说,"身上带点儿钱都交过道费了。如今想回去,加油、过道费……"

"指定是外地人冒充长春人埋汰我们呢。"老板急赤白脸地分辩,"我这里来吃饭的,都得去后院上厕所,来一次就踩准道了,你不可以一口咬定她是长春人。"

迷恋电脑的男孩

"她说话口音我还听不出!"

得,临年靠节,黑龙江人落难长春,眼下兜比脸干净,举目无亲,换上谁也得毛呀。

这时候,附近接连停下三辆出租车,司机围上来,听清楚缘由,俩司机急忙打电话,一个过来拉住大老董:"哥们儿,别的先不唠,天下出租司机是一家,在长春遇到啥不顺当的,这不有同行吗。我们这旮,有困难找交警,你有困难,找同行。来,咱先进屋暖和暖和。"

小吃部老板马上端来一份热腾腾的饭菜:"兄弟,先垫巴垫巴,你指定饿不行了。"

说话这期间,陆续进来几十名男女出租车司机,把小店挤得满满登登。原来,另外两位司机通过科技手段向同行求援,大伙一听有人败坏了家乡的声誉,争着来问究竟,听过事情起因,个个气得够呛:"啥玩意儿!""你确定是长春人吗?""报警!逮着她,连年也让她过不去!"

听着这些粗犷又火爆的话语,大老董鼻子一酸,眼圈也红了:"谢谢。那就拜托大伙帮助报案,我先给家里打个电话。"

"用我的,我的打长途一分钟两毛。"

"用我的,我电话费包月,不打白不打。"

好家伙,同时递过来四五部手机!

司机中有挑头的,组织众司机议论了一通,见大老董也打完了电话,挑头的柳师傅说:"兄弟,到了长春,这地儿的哥们就好使。电话接着打,告诉你的家属,就说骗子找到

45

了，钱不差事儿。你就说，他乡遇到了故知，这春节要在长春过，别让家人担心。"

"骗子和钱……没影的事呀。"大老董心里七上八下，这些异乡同行玩什么把戏呢？

"把心搁肚子里吧，兄弟。"柳师傅拍拍大老董的肩，"刚才我们帮你报了警，待会儿全城警察全力出动，一定把这个假冒长春人的女骗子给揪出来。如果破不了案，长春出租车司机替你承担这个损失，条件就一个，你得陪我们在这儿过年。妥不妥，你先表个态。"

大老董好不疑惑：敢情这长春外地人多，司机多有回不了家的，要他陪着解闷儿？接下来发生什么他也不知道，可口袋里没钱寸步难行哇，只好忐忑不安地点了头。

匆匆吃过午饭，大老董由长春司机陪着，走马观花浏览完长春市的几个景区，又要带他到滑雪场玩。大老董没钱买票请客，却占用陌生人的大好时光，哪儿好意思？就推托，说大冬会就在黑龙江帽儿山办，看滑雪场还不现成的？哪想到长春人就跟到过他那儿似的："拉倒吧哥们儿，你那旮到帽儿山有八百里吧，就咱这穷司机能消费得起？"不由分说，把大老董架到了车上，大老董暗叫惭愧，他的家乡比长春雪更大，滑雪场比这多得多，可他却无力问津，做梦也没计划在这边开了眼界！

大老董在滑雪场游览时，这边温州小吃的老板精心安排了三桌子菜，当地司机到场二十好几个，把大老董师傅让到上座。**老板率先举杯**："今天这顿薄宴算我买单。"司机们

迷恋电脑的男孩

纷纷插嘴："咋能破费你呢，是俺几个挑的头。"

"不好使！"老板没喝酒脸先红了，"我买单有个说道，因为我跟董师傅一样，也是外地人。"

小吃店老板姓傅，是辽宁人，十多年前往这边贩蔬菜，打算发家致富。谁知道钱这东西你越想它它越跟你别扭，头一趟贩白菜，半夜三更走到一个两头不着人家的地方，满车白菜翻进了路边的沟里。那工夫没手机，想求援没辙啊，司机头破血流，赶巧那天夜里又气温骤降，这顿折腾啊，人好歹保住了命，一车白菜冻得邦邦硬，只能就地抛弃……这事件没过半月，他拉着一车大豆往辽宁贩，大概司机夜里打麻将过度疲劳，开车后睡着了，还没出长春地界呢，车子撞到路边一棵大树上，满车黄豆撒得那叫一个心疼，老板挺大个人顶着北风扯着嗓子哭！多亏工商税务所的指导员王大姐，闻讯赶了来安慰他，小傅呀，别灰心，大姐给你张罗个摊位，你做特色小吃卖不行吗。在王大姐的热心关照下，傅老板靠卖锅烙起家，在这边娶媳妇生儿子，又扩展出了这家小吃部，他现在已经把自己当成地道的长春人了。

"老董兄弟，你看俺家供的那照片是哪个？王大姐的遗照，逢年过节我率全家人给她磕头，你知道不。你刚才说'长春人咋这样……'俺傅某人实在听不下去。你把这话给俺收回去，俺老傅先干一杯计划外的！"

柳大哥号召大家共同敬大老董师傅一杯酒。然后，他抹抹嘴巴说："哥们儿你不要上火，有句话得请你原谅，白天说全城警察抓骗子这事，是撒了谎。案是报了，警察们首要的任务是保护全市人民过一个快乐平安的春节,这节骨眼儿鸡飞狗跳地抓一个女骗子不合实际,所以我说全城出动就是想稳定你的心情。不过你放心,那骗子给咱长春人脸上抹了黑,她就是长春人中的败类,是大伙不共戴天之敌,这女人跟好几个服务员打过照面,公安局有画像的,过了年大伙记清楚了,只要她一露头,妥!"

大老董立马站起来抱拳:"不好意思,不好意思,都怪兄弟我满嘴瞎嘞嘞,其实哪里听得出她的口音。傅老板说得对,她指定不是长春人。你看,咱在座的多讲究,这才是正宗长春爷们儿。"

司机们开怀大笑。是真是假都不重要,因为任何地方的人,有好的,也有坏的,关键咱不能让他丢家乡这张脸!

这一顿接风酒喝得酣畅淋漓,好几个长春汉子还喝吐了。大老董师傅这才知道,同行们考虑他惹了一肚子气,又是疲劳驾驶,这样的心态若急着返回,高速路上不出事才怪,留他过春节纯粹是借口,哪里有什么外地人在长春过年这事儿。

见汽车加满了油,大老董师傅再三推托,说自己老父亲身体不好年纪大,还是回家过年,省得老人担心,求大家借给他200元过道费,回去保证寄还。见实在留不住客,柳师傅这才掏出一个信封:"兄弟,长春司机替那个败类道歉,大家自愿捐献1450元钱,请兄弟收下。唉,家乡这张脸,千亿百亿不算贵,可……目前咱能力有限,就这点心意了。"

大老董想不到会是这种结局,四五十的男子汉"哇"

的一声就哭了："各位哥哥弟弟，我董方均不是没见过这点钱，我是承受不起这天大的情谊呀。"大老董要求，请当地同伴，连夜帮忙给他的车上喷了几个字，算是表达对长春人民的敬意，然后，他做出两条承诺，一是今后他在家乡凡遇到长春人搭车，只要身份确定，哪怕是到海南去西藏，他眉头都不皱，分文不取；二是明年夏天暑假期间，他带上老婆孩子来长春旅游，让老婆孩子认识一下这些好心的朋友。

担心大老董师傅休息不好误了行程，宴会进行到22时，不得不结束。此时陆续赶到的司机多达40余名，大家咋咋呼呼到大街上合影留念。许多居民被搅了好梦，想出来制止，一听小吃店老板说明情况，嘿，大家不走了，闪光灯一亮，居民们报以热烈的掌声！

大年三十上午8时30分，古道热肠的长春司机帮大老董联系到了两位到哈尔滨的乘客，为的是让他顺路捎客，再多赚点车费"冲冲喜"。大老董感激得鼻涕一把泪一把，也不管是男是女，跟司机们抱了这个抱那个，嘴里却一个字也说不出……同行们也把"一路顺风"的祝愿改成了"明年暑假见"。在当地交通台高度称赞市区出租车司机的义举，强烈谴责那个女骗子卑劣行径的播音声中，黑龙江出租车司机大老董师傅频频按响喇叭，向这座最有人情味的城市致意，向异乡的兄弟们致意。他驾着加满油的出租车，含泪驶离了吉林长春。他车子两侧喷上了这样的话："向长春司机致敬！"字前边各画着一只高高翘起拇指的手，在朝阳下熠熠生辉……

社会万花筒之中国好故事系列丛书

设个套儿让你钻

初秋的某个傍午,黄宁市北安广场路路边,有双眼睛焦急地注视着穿梭而过的出租车。这是一个名叫赵红心的年轻人,30岁上下的年纪,面对许多从他面前驶过的出租车,他显得手足无措,不是他手举得迟,就是司机没发现他的存在,总之,好久好久,他仍然焦急地站在路边。这时,一辆黄色捷达迎面滑过来并向他鸣笛致意,赵红心跟司机的目光相撞,见司机是个40多岁的中年人,瘦瘦的,心想,就是他了!他忙招手让车子停下。坐到副驾位置,小赵说了声:"建设大桥",就眯上眼睛休息。

车子走出去2公里左右,赵红心的手机突然响了。他掏出来一接:"是小妹呀,什么指示?""哥呀,您在哪儿?赶快到我这边。乡下来了电话,说奶奶要不行了,我爸我妈已经去了那边。咱要是去得晚一步,就可能见不到奶奶最后一面。""我姥姥病危?前几天我过去,姥姥她还好好的。""哎呀哥，你别磨叽了，我在仁义胡同和解放路交叉口等您，快。"

电话声音很大，内容连司机都听得一字不漏。赵红心收了线，对司机说："师傅，不好意思，您得调头，改去仁义胡同。"说罢，他又打电话给朋友，向对方表示歉意，让大家开席吧，说他要去乡下看姥姥。

司机才不计较你跑多久呢，出租车是打表的。于是车子痛快地调头，直奔仁义胡同。

快到胡同口，看见一个年轻漂亮的女孩跺着脚急等在路边，赵红心让司机停下。那女孩招呼另一个男子一同上了车。赵红心问："小妹，这位是……"

"噢，他是我爸单位的，会看地理，一起捎上他，去给奶奶选个好坟地。"

赵红心不好再说什么，他告诉司机："麻烦您往上甸子跑一趟吧。"

司机刚才在赵红心打电话时，就听清楚了，是遇上要死人的事。如今见要改道去乡下，就摇头不干了："去那种地方，要是打表你爱找谁找谁。因为那地儿偏僻，回来得跑空，我划不来的。"司机明确表态，必须给双倍的钱，外加100元辛苦费，否则免谈。赵红心急着去看姥姥，却不甘心挨宰，一番讨价还价，辛苦费砍到50元，司机才别别扭扭地开了车。

事情成了，赵红心长出一口气，对方若是不肯下乡，他另找人可费事了。

这上甸子路实在不好走,从柏油路要拐进一条废弃的老道,再爬上一道山岭,这山村坐落在半坡上。也难怪司机乘人之危多要钱。一路上司机听着表兄妹俩议论病人的事,除了偶尔看一眼电话,回个简洁的短信外,他几乎没开口。

车子开到一个陡坡处,前面突然出现一个男人,摇着手要拦车。司机没表态呢,车上的女孩说:"告诉他,这车我们包了。耽误我们的事,哪个也负不起责任。"司机便减速,开窗,对那男人刚说了"不行……"俩字,便觉得脖子上一凉,原来赵红心不知什么时候掏出一把刀,架在了司机的脖子上!

赵红心是个什么人?专门抢劫出租车的。这小子伙同他的情人娜娜以表兄妹的角色,那个所谓看坟地和刚才这个被娜娜假意拒绝上车的拦路客,全是他们一伙,根据赵红心的策划,做个套儿让对方钻,上演了刚才那出戏。这不,司机被他们牢牢地控制住了!

司机迅速拿眼睛一扫,劫匪这地方选得好,林子密,又恰巧是吃饭时间,哪里有个人影啊。好汉不吃眼前亏,他举着双手:"弟兄们,有话好说,你们可别胡来呀。"

"什么胡来。"赵红心低声吼道,"爷爷是要钱不要命,你满足了哥几个的要求,爷爷不伤害你。别拿车上那几个小钱糊弄我。马上按我说的,打电话通知家里人,送20万元来。"

"哥们,我要是有20万,我会干这个?"司机慌了,"我一万也没有,这车子还是租赁的呢。"

迷恋电脑的男孩

赵红心讲得一口标准普通话,所以带领这伙歹徒打一枪换一个地方,普通话听不出他是什么地方的人。走南闯北,这种伎俩见得多了,他冷冷地说:"那好吧,爷爷成全你并且尊重你的选择。说,要全尸,就拿绳子勒;图痛快,就用刀子攮。"

娜娜立刻从坤包里掏出根小细绳儿,就要往司机脖子上套。

"别呀。"司机紧张得嘴唇都哆嗦了,"我老婆刚刚怀孕。人到中年,好不容易有了孩子,你们可怜可怜我……"

太理想了,这小子不想死。赵红心又是低吼一句:"看你没出生儿子的面子,15万。"

"哥们儿,10万也没有啊。"

赵红心与同伙迅速交换了一个眼神儿,这小子比较容易对付,他露出10万的底儿啦。于是说:"10万都没有,你还想活命啊?小春子,你俩把他做了吧。"那俩男的立即凶相毕露,抢过来打开车门,伸手薅司机的脖领子。

"别别别,"那司机吓得语无伦次,"我马上叫我媳妇送钱来行不行?"两手哆嗦着好不容易按准了键子,电话通了:"媳妇,我让三男一女劫了,你别报警啊,那我就见不到咱的孩子啦。你马上把存折里的钱全取出来,你自己送到上甸子屯外那片树林……哥们,5万行不行啊?好好好,10万10万……什么?你一人害怕?那就叫你妹妹陪着,记住,就你们俩啊,若是发现破绽,人家要撕票。"

赵红心盯着司机的脸端详,发现这司机还挺识相,安排得比赵红心想得还全面，还保险。打完电话，赵红心一把夺下司机的手机，检查了一下，并没有发现破绽，他和气地对司机说："大哥讲究，兄弟也得讲究。您放心，我们只要钱，伤害你对我们没好处，是不是？"那司机一个劲地点头，表示愿意配合。

其实赵红心完全是撒谎。他这人心狠手辣，流窜过好几个省作案，都是哄着司机把钱弄来，然后连送钱的一起做掉，绝对不留活口。事后，他们把车卖掉，再换一个地方，策划新的作案手段。中国这么大，他们计划得如此周密，并且每一次作案手法都不相同，警察哪里找去！

司机哭丧着脸说："兄弟，你们真够狠的。我跑了多少年出租，咋一点没看出是劫匪……"

"放屁！"娜娜伸手打了司机一个耳光，"我们是借钱，你他妈才是劫匪。你知道，我们想这法子费了多少脑细胞吗？必须挑男的，因为女人警觉性高，还不能选膀大腰粗那种，车子不能太破，破了不值钱，懂吗？我们还要把戏演得逼真，做完这一笔生意，马上换另一种方案，让警察不能并案……这样的高智商创意，10万块钱太委屈了……"

赵红心一挥手，打断娜娜的唠叨，他逼司机把车子开到一个更荒凉的小岔路，在这儿等了足足半个小时，送钱的还没出现。司机皱着眉头要求："我肚子坏了，得上厕所。"赵红心见他确实不像装的，就冲那个小春子点点头。小春子先抽掉司机的裤带，然后手执尖刀，押着他去树林深处解决，司机就是想跑，也跑不掉的。

迷恋电脑的男孩

两人刚离开,就听路上汽车鸣笛,送钱的来了。赵红心把车子退回原处,命令娜娜带另一个同伙下车查看。如发现有诈,马上撤回,那边小春子也就可以提前把司机杀掉……

来的果然是司机的媳妇,肚子隆起着,身边陪着一个年轻的女性,提着黑塑料袋。真配合呀,那女性连司机都省了。娜娜示意她们俩站住:"把袋子打开,我要看看钱。"

"我要先看看我老公,他安全了,才能给你看钱。"

赵红心坐在车里听得一清二楚,心里憋不住想笑,你老公现在当然安全,等钱到手,那就不好说了,还有你们俩。这时,树丛中司机高声说:"利苹,我在这儿跑肚呢,没事。"

"那不行。我一定要看到人。怎么就那么巧,偏偏这时候拉肚子。"大肚子女人来了脾气,把塑料袋往地下一扔,疲倦地往草地上一坐,"我得看到活人。"

树林里拉肚子的不起来,路上确实只俩女人,并且有一个怀孕的,多容易对付。赵红心摁了两声喇叭,那是让同伙攻击的信号,娜娜跟同伙得到指令,昂首挺胸来到孕妇身边,说了声:"钱既然带来了,还怕看吗?"

话音未落,就听"哎哟"一声,原来是两个女人同时发威,几乎在同一瞬间把娜娜和她的同伙顶翻在地,两个人没明白是怎么回事呢,就被手铐扣在了一块。与此同时,树林中一声暴喝,小春子也被那瘦司机打趴在地……

赵红心没想到他的圈套设计得滴水不漏,也还是败在了对方手下。只见那"孕妇"直起腰,从腹部掏出两件内衣,

55

他大脑嗡的一声,知道中了警察的圈套!不过,他有最后一手准备。他始终坐在驾驶座里,车并没熄火。此时一踩油门,车子疯狂地朝前方飞奔。只要穿过小屯,那里有个山豁儿,弃车钻树林,跑出百十步,岗那坡是邻市地界,并且有车子在接应,他仍然可以远走高飞。

然而,赵红心想错了,他驶出去不远,就看到前面路上拦着一辆越野,这车子论碰撞、比速度,都不是他脚下这辆"羚羊"所能企及的……

戴上手铐的那一刹,赵红心看见了瘦司机。小春子垂头丧气地说司机:"哥,他根本不是跑肚……那手段,是雷子。"

赵红心恨恨地骂司机:"你他妈满嘴胡说八道。你是出租车司机吗?你老婆是怀孕了吗?你还装模作样地砍价……原来你们商量好了,骗爷上钩,我说你那么容易上当。"

司机笑了:"你设套,我们也设套呀。我不砍价,你岂不看穿了吗?是你撒谎在先。从打上车,你就没一句实话,我得奉陪不是。我这工作性质不同,对好人说实话,对坏人呢,专门撒谎!"

迷恋电脑的男孩

想哭找不到坟头

一大早,赵长林好不容易得到个借口,去微机室找孙小琦搭讪,在门口迎面跟同事郑爽险些撞了个满怀。待他走进微机室一看,一股酸水噌地就冒到了嗓子眼处,他看到孙小琦桌上的花瓶内插着一只娇艳欲滴的红玫瑰,不用说,准是郑爽那呆子刚才送的,换个人,谁追女孩会那么不加掩饰,万一遭到人家拒绝,岂不难堪?

孙小琦说了些什么,赵长林丝毫不记得了,他眼睛就是忍不住往那玫瑰上瞟。荒唐,明目张胆地荒唐,这幢大楼的单身男子谁都可以追求小孙,唯独郑爽没资格。赵长林回到他自己的办公室,胸口仍然胀得慌。

按说,郑爽人长得不比赵长林差,学历也高出一截,但他有几分酸气,动不动就爱背诵一些古诗词,并且常常在报纸上发表点诗歌,很多所谓诗作连稿费都没有,这年头居然还写诗,那不是有病是什么?郑爽更有几分呆气,遇事脑筋转不过劲儿来，谁哄他都可以，一同住宿舍时，赵长林就没断了给他点小亏吃，傻东西浑然不觉，还拿他当哥们儿。这样的蠢货竟然敢打孙小琦的主意，纯粹是贬低小孙的含金量！赵长林回到自己办公室，咬牙切齿地发狠："全局大名鼎鼎的智多星跟郑呆子混在了一个档次，此耻不雪，我赵长林誓不为人！"

正火着呢，办公室通知说，大家忙得错过了几个休息日，攒到一起，下星期领导要带大家集体避暑旅游去，地点选中某个海岛。一听这话，赵长林激动得直拍大腿：天助我也，我就在海岛上收拾收拾这个呆瓜郑爽。

那个海岛赵长林去过多次，地形特别熟悉。果然不愧是智多星，一个小时，赵长林便把一个报复计划设计得天衣无缝。他悄悄买了一张电话卡，不动声色地随大伙上了海岛。

按计划，要在海岛上玩三天，大家游泳、抠海蚌，玩得特别开心。第二天，领导吩咐，晚上改善伙食吃螃蟹，赵长林激动得浑身哆嗦，大家注意力集中在晚餐上，他的机会来了！

这个海岛向东的尽头，有片礁石群，平时人迹罕至。当初设计的就是把呆子骗到那边去傻等一晚上，哈哈，那就有好戏看了。赵长林就用新买的卡给郑爽发了短信：

月上柳梢头，人约黄昏后。晚上6点，我在东边大礁石后边等你，暗号是三声猫叫，不见不散。爱你的小琦。

不大工夫，傻子迫不及待地回复：遵命，不见不散。

赵长林得意地笑出声来。这海岸线往东瞧，有一群礁

迷恋电脑的男孩

石高耸在那儿，此前他去捡过海蜗。那地方对于谈情说爱的人，简直就是天堂。傻子接到短信，必以为孙小琦约他办什么好事呢，能不遵命吗？赵长林知道傻子胆小，夜里一个人在那儿急火火地等，越等美人越不来，海边这蚊子又大又凶，黑影里礁石奇形怪状，胆小如他的能吓出个好歹来！大家吃螃蟹，蚊子啃傻子。这蠢材又认死理，假如待上一宿，洋相出尽，他受到如此捉弄，还不把孙小琦恨死了……哈哈，这一箭双雕的妙计真叫过瘾。孙小琦呀孙小琦，你怎么搭理这样一块木头疙瘩！

果然，到了吃晚饭的时候，不见了郑爽的影子。有人说，小海岛不大，海鲜排档却多得很，这小子可能吃独食，品尝海鲜去了。赵长林暗觉好笑，他吃独食，恐怕是"毒食"开始吃他了吧。

这顿晚饭简直太香甜了！赵长林偷看孙小琦，小嘴儿啃螃蟹油得锃亮，她哪里知道，有个傻子在礁石后倍受折磨地苦等，想哭也找不到坟头了！赵长林仿佛感受到了孙小琦的甜吻。这年头，忠厚老实是弱智的代名词，最被时尚女孩鄙视，而智商就是金钱就是一切，姑娘若是知道他能策划出如此绝妙的恶作剧，那还不得佩服欣赏死呀，可惜，这秘密永远不能公开，万一有了副作用，那可就得不偿失了。

宴会正吃到高潮处，猛听得室外雷鸣电闪，眨眼大雨倾盆。局长望着外面，突然脸色大变："不好，郑爽那个书呆子，会不会跑到海里游泳？大家立即带上手电雨具，分头给我找！"

局长不同于普通群众,这几年常常听见哪地方出了大事,领导就得引咎辞职。如今率众旅游,有人若是失踪,他局长脱不了干系!局长发怒,谁敢马虎呀,赵长林随着大家急匆匆地扑进了雨中!

找遍所有的海鲜摊、店,自然不可能发现郑爽。众人在海滩上喊破了喉咙,雷电交加,哪里听得到?赵长林身上冷得哆嗦,他不禁有些后怕,傻子不会让雷劈死或被海浪卷走吧?有心提示一下去那边的礁石群找找,又怕引火烧身,局长会怀疑,你是怎么想到这儿的?他心里一千遍一万遍地回忆买电话卡的细节,好像做得一点儿破绽都没有,可心里仍然不踏实。假设真出了人命,那警察决不是吃素的……智多星现在一筹莫展,只好提心吊胆地死扛,捱过一时算一时了。

差不多找到半夜,有人提出,郑爽酷爱写文章,认准死理不屈不挠,会不会跑礁石那边体验生活去了?众人跑过去一看,那呆子果然就在那里,人淋得一塌糊涂,还依然对着夜空,隔一阵学几声猫叫……见了领导同事,头一句话就问:"孙小琦在哪儿,她是不是出事了?"一听小琦在人群后面答应,他脑袋一歪,就昏了过去。

郑爽被送进医院。还好,大病一场,没有生命危险。局长铁青着脸,当众逼问:"说,你跑到那地方,到底想干什么?"赵长林的心一下子提到了嗓子眼儿,这事如果惊动警方,根据短信号码寻找卡主人,是在本市区购买的,那卖卡的说不定能记住了他的模样,要是查出来是他导演的这场

迷恋电脑的男孩

闹剧，局长岂肯放过他？别说孙小琦，连这份工作也怕是要丢！万幸的是，那呆子一口咬定，他是去找创作灵感。最后，局长把他骂了个狗血喷头，但念在他靠写作多次为单位争过光的份儿上，总算没有深究。

结局有惊无险，赵长林吓了个半死后，又情不自禁地庆幸自己非但智商高，而且运气也不坏，看来回去后对孙小琦继续强化攻势，抱得美人归只是时间问题。

回到单位，赵长林却渐渐发现有些不对头，那孙小琦不仅没嫌弃傻子，反而公开跟他出双入对，午间吃饭，俩人合伙一起打菜！赵长林想破了脑袋也理不出到底是为什么，某一天，他忍无可忍地堵住了孙小琦："你为什么疏远我？"

"哎哟哟，真对不起，我哪敢疏远您呢。正准备请您吃顿饭，没来得及，主要是郑爽这几天赶着写小说，腾不出空来。"

"你请我吃饭，关郑爽什么事？"赵长林更加醋意大发。

"请你吃饭是我俩的意思呀，少了他怎么行？"孙小琦幽幽地说，"郑爽嫌写诗歌不过瘾，早就酝酿写一部长篇小说，却苦于找不到亮点，那次海岛让大雨浇了一通，还真激出了火花，一下子让那个长篇柳暗花明。不多亏你把他骗到礁石那边，他个胆小鬼哪敢去那地方，长篇也就谈不上了是吧？还有，我跟郑爽能确定关系，也的确感谢你的撮合，人不可以没良心呢。"

"莫名其妙。"赵长林隐约感觉到了什么，难道卖卡的认识他俩给说了出来？但他岂是那种谁都可以诈出实话的呆子，索性装出一副茫然无知的样子。

"你就装吧。"孙小琦陡然咬牙切齿，"感谢之余，我更后怕。你以我的名义发短信，哄郑爽去礁石挨淋，万一出人命，这罪责谁负！"

"什么乱七八糟的。啥短信？"赵长林矢口否认。

"为达报复目的，不择手段，你还敢狡辩，这就是你人品本质上的缺欠，无法修正的。"孙小琦告诉赵长林，此前，面对他的求爱，小琦还真有些动心，小伙子侃侃而谈，毕竟很有些风度的，而那郑爽才华出众，可缺的就是口才，假如俩人合成一个……小琦真有些举棋不定。那次礁石群事件，郑爽以为是小琦惩罚他。但即使不能走到一起，郑爽也不想出卖对方，那样，小孙以后会很尴尬，哪个男人喜欢这么阴损的女人呢，所以，他就坚持说自己是体验生活。后来，当面质问小孙，俩人才推测出那闹剧真正的导演。别说，清醒后一理顺，就是这个短信诡计激活了长篇的构思，郑爽因祸得福，高兴死了。

"你诬陷好人要负责任的。"赵长林心上仿佛被捅了一刀，可他仍然装出冤枉的样子。

"没人想去告发你，谈得上诬陷吗？毕竟你促成我俩的事，功大于过嘛。"孙小琦笑了，"我曾经让郑爽把那短信告诉领导甚至警方，你知道人家咋回答的？他说，算了，年轻人犯错误，上帝都会饶恕，就算是长林搞的，他因吃醋出此下策也情有可原。换成你姓赵的，有这气度？要是你妹妹

迷恋电脑的男孩

面对这样两个男人，你会支持她选择你这样的小人吗？"

"什么气度？短信不是我发的！"

"你真不可救药。"孙小琦轻蔑地一撇嘴，"那短信的特殊习惯用语，我都熟得不能再熟，因为你经常给我发，开头总是引用两句诗句以充风雅，而别人没这习惯，明白了吧？把你处置个好歹，没我啥好处，郑爽又坚决抵制。好在我们不亏本，你好自为之吧。"

"我就不明白，咱单位这么好的待遇，不在乎那点稿费吧？一部小说能值多少银子，何况未必写了就能出版，你就为这个喜欢郑爽的？"

"风马牛不相及。"孙小琦高傲地一昂头，"我最后选择郑爽，与他的业余爱好不搭边，是因为他在错以为受我捉弄的前提下，淋成那个样子，仍然知道维护我的尊严，这样的男人，跟他安全；你这人，有一百个心眼，九十九个正经的，可你从来不用，只用那一个歪的，跟你这样的人生活一生，风险太大了。"

这回是赵长林想哭也找不到坟头了！

社会万花筒之中国好故事系列丛书

斜眼娃的邪运

考场得意

烂泥沟有个叫宁一效的男孩，从小聪明活泼，可就是左眼斜得厉害，乡亲和小伙伴们背后都叫他斜眼娃。小宁的妈妈死得早，是父亲含辛茹苦供他读完了大学。毕业后宁一效四处寻找工作，一心想多赚钱，把老爸接出山沟安度晚年。然而，他应了许多次聘，都落选了。原因他自己知道，都是他的斜眼连累了他，那叫做五官不端正啊。有热心朋友帮他咨询了一下，要矫正好这个眼睛，要花八到十万块钱。朋友就劝他，哪怕是贷款，也得先把眼睛矫正了，那可是脸面问题呀。不但眼下求职，就是将来找老婆，也是个障碍哩。小宁不肯："我爸爸在山沟受苦，我这边拉着饥荒去美容？无论如何说不过去。"于是，他仍然孜孜不倦地求职、应聘。他不信，仅仅是一只眼睛斜了点儿，在学校读

迷恋电脑的男孩

书、劳动、体育、人缘……哪样都不比别的同学差，它怎么就会影响工作了。

这天，得知鸿鑫公司要招聘员工，听说以笔试为主，小宁想，笔试为主，那就是形象次之，这正适合他呀，就又报了名。进入考场，小宁一看命题，就知道，这分明是要求为鸿鑫歌功颂德。宁一效不由微微冷笑，仅靠歌功颂德，是不能提高公司的管理效益的。这一想，突然文思如泉，埋下头来，刷刷刷一通猛写……

这时，公司老总万鸿鑫亲临考场视察，见小宁正凝神答卷，跟其他冥思苦想的考生截然相反，便好奇地走过去。刚走近小宁，小宁下意识地一抬头，那只斜眼与总裁相碰，宁一效的眼睛斜得滑稽，把老总一下子逗笑了。再看他的试卷，差不多将近结尾。老总一看，这小伙子思路与众不同，话语尖刻了点，但文笔流畅，说得头头是道。

老总不由点了点头，问了小宁一些情况，又关切地问："你那眼睛是怎么回事？可以矫正一下的。"

小宁站起来回答："我这眼睛从有记忆起就这样。我做梦都想矫正。但目前有更重要的事。我首先要有一份工作，然后接爸爸到我身边，第三才轮到眼睛的事。这是程序，不能本末倒置。"

说得老总当场叫了声"好一个程序"，转身对主考说："我跟你走个后门，准备留这位年轻人在办公室当秘书。"

哇，全场考生几乎惊呆了，这斜眼娃他简直是走了邪运，仅仅这么几句话居然把老总给蛊惑住了！

赌场失意

宁一效被安排到老总办公室试用。

万老总原来有一位秘书叫左淳，宁一效过来后，老总把所有的文字活全压到了他身上，小左只负责跟随老总出入各种社交场合，参加各种签约活动。宁一效内心当然清楚自己的形象，他心安理得地处理自己该做的事，一个月内，他就摸透了老总的喜爱，写起材料来得心应手，从表情上看，万老总还是比较满意的。

这天，公司委派钱副总出面，向市政府副秘书长手中争取一项工程，先期运作当然是请对方吃饭。可恰在这节骨眼上，小左秘书突然得了病，万老板略一思索，就对小宁说："你代小左陪钱副总出去一趟吧。给我记住了，要察言观色，谨慎行事啊。"

出头露面的机会来了，小宁激动得双腿微微发抖。下午谈事，副秘书长几次向小宁提出问题，小宁记忆好，写材料时都掌握着呢，所以回答得体，副秘书长频频朝副总点头："看来贵公司藏龙卧虎，你这秘书比我那些过硬多了，当心我挖你墙脚。"转身问小宁："愿不愿意到我那边工作？"宁一效回答："当然愿意。但是我刚进公司，寸功未建就离开，那怎么对得起老总的知遇之恩？所以，我五年内不敢想这个问题，除非老总赶我走。"

副秘书长哈哈大笑，对钱副总说："你手下铁板一块呀，羡慕，羡慕哟。"

　　说着，就到了吃饭的时间，钱副总按照事先商量好的，约来两位商界名流作陪。吃过饭，又去楼上开房打麻将。钱副总让小宁从车中提来一只密码箱，掏出一堆钞票推在副秘书长跟前："这可是借您的。您赢了，可以抵账；输了，改日您可得还我。"副秘书长笑着说："那是。"

　　玩了一会儿，钱副总突然皱紧眉头，对站在身后观战的宁一效说："我要去一趟卫生间，你能不能替我玩一会儿？"

　　小宁腼腆地答："刚才看出点门道，只怕玩不好。"钱副总大喜："那你先替我玩着，好歹别搅了局。秘书长，我请一小会儿假。"

　　高官在场，钱副总怎么敢在房间如厕？他找到服务员，另开了房间。哪想到这一蹲就起不来，一直折腾了两个小时。他想，这样也好，让小宁这个二百五顶替，玩得越糟越理想……

　　再说麻桌上的小宁，从前偶尔接触过麻将，都是一角两角的小把戏，但像今晚这样的豪赌，却是闻所未闻，只骇得他那只斜眼也瞪大了一倍。为什么敢接钱副总的牌？他已经观察了在座几位的牌技，想，这臭手还不如家乡的老农民呢。自从一接触，他就看不惯副秘书长那副颐指气使的派头，心想，这种满嘴官腔的人，必定是个尸位素餐的家伙。这回坐上正席了，该得着让他小宁施展一回，合情合理地煞煞对方的威风。好家伙，恰巧小宁这牌抓得得心应手，玩得

社会万花筒之中国好故事系列丛书

风生水起,另外三家的钱源源不断地堆到了宁一效的面前。副秘书长输光了眼前的钞票,打了个哈欠:"到此为止吧,别影响明天的工作。"最后冲宁一效竖了竖大拇指:"年轻人,真行,前程不可限量!"

送走了副秘书长一行,宁一效陪着钱副总回到房间,兴高采烈地邀功:"钱总,那几个臭手不堪一击。您看,这钱全让咱给拿下了……"突然看到钱副总脸色铁青,以为他肚子疼又犯了,赶紧关切地问:"钱总,您哪儿不舒服?"

"啪!"一记响亮的耳光抽在宁一效脸上,打得他眼前金星乱溅,一下子歪倒在床上。

钱副总咬牙切齿地骂道:"真是天意啊。小左生病,我这肚子也像单单跟我过不去。公司煞费苦心寻找这机会容易吗,没想到事情全败在你小子手里了。"

"这个……"钱副总这一耳光打得委实也太凶狠,宁一效还在半昏迷中,不知道对方说的是什么。

"你猪脑子啊。"钱副总说,"我想不通老总他为什么偏偏留下了个你,这点事还看不出?今晚上那两位是刻意安排好的,牌桌上全配合我,把钱故意输给秘书长的。你倒好……你以为秘书长最后那句话是真夸你呢,他是正话反说!这回希望全毁在你手里,你先去歇着吧,等我向老总汇报后再说。"说罢,钱副总头也不回,自顾下楼坐上车走了,只把小宁丢在饭店门外发呆。

迷恋电脑的男孩

歪打正着

宁一效昏昏沉沉躺在出租屋里,万念俱灰。自己这回却是倒了邪霉,这些身份高贵的人怎么这个样子,有话不好好说,尽玩脑筋急转弯。不过,钱副总说的话他却再清楚不过,那分明是要他卷铺盖回家。睡到中午,小宁起来洗脸,感觉颧骨处疼痛得很,便找镜子照,看看骨头坏了没有。这一照,把小宁照得如梦如幻,再瞪一下眼细看,没错呀,钱副总那一巴掌打得实惠,把他那只斜眼给打得复了位!

宁一效趴在床上放声大哭。说什么倒邪霉呢,他这回是走了正运。去整形医院那是若干年后的计划,到时候还不知道费用该涨到什么程度了,而钱副总连麻药都没打,免费给他做了矫正!往后,他宁一效可以堂堂正正地面对面与人交流,丝毫不必自卑了。想一阵儿,饭也不吃了,他索性去单位当面向钱副总道谢,顺便把自己的东西取走。别看炒了鱿鱼,他宁一效还是得感谢人家这一掌之恩。

小宁刚出门,迎面驶来一辆车,正是万老总的坐骑。司机鸣笛,停下,从车窗探出头来:"宁秘书,老总让我接您过去呢。"

结个账还要专车接,这公司怪讲人性化的呀。小宁想,可惜自己没缘分,眼睛斜时没淘汰,这眼睛矫正了,却要走人……想着想着,车子停了,他跟着司机直接来到老总的办公室,只见钱副总也在。

老总微笑着说:"小子,你真行啊。"小宁知道是说的那件事,尴尬得无地自容。心想,这些有身份的人怎么个个阴阳怪气,你就说撵我走得了,何必拐弯抹角地挖苦?

钱副总接上话:"老总刚才还夸你……哟,你那眼睛怎么……好了?"

小宁说:"我正要当面感谢钱总呢,是您那一巴掌给我打得正了过来。"

两位老总仔细一看,不由哈哈大笑:"这小子真是个福将……"

宁一效这才知道,原来公司费尽周折夺到手的工程出现了差错,竞争对手挖到了那位炙手可热的副秘书长门下,有风声传出,工程要重新竞标。万老总顿时慌了手脚,与钱副总商量,由副总出面,联络一下感情,先"输"给副秘书长五十万意思意思,然后,万老总再登台釜底加薪……总之,为保住这项工程的承包权,什么手段都在所不惜。

"老总,我……"想想老总的知遇之恩,宁一效不知所措。

"这回我要感谢你啦,孩子。"万老总亲切地说,"当初我不仅欣赏你文笔不错,更是感念你有一片孝心,才破天荒地留下了你。没想到得了济,也算善有善报吧。"

这是怎么回事呀,小宁莫名其妙。

"你说巧不巧,"钱副总说,"昨天咱们还热脸贴冷屁股,巴结那副秘书长,今天上午,他被'双规'了。你小宁这下子给公司省了50万。"

迷恋电脑的男孩

"孩子,"万老总慈爱地说,"这事给我敲了警钟。我本来计划送他巨额大礼的,那可是行贿罪呀。你真是我的福将呢。马上把你父亲接来吧,就冲你这份贡献,公司养活你父子俩都不为过。"

"不不不……"小宁慌不择词,"我一定要靠自己的力气赚钱,让爸爸安享晚年。钱副总代表公司帮我矫正了眼睛,我还没来得及感谢呢……"

这一句,把两位老总逗得开怀大笑!

暖水瓶事件

上午,时尚旅馆的小服务员章宁宁收拾完卫生,又忙着给各房间分发热水,她抓起两只热水瓶,一转身的工夫,就听"哗啦"一声响,其中一只暖瓶的瓶胆从底部掉落,摔得粉碎,热水和碎玻璃飞溅在宁宁的脚上,疼得她"妈呀"一声蹦起来!

旅馆的老板邢胖子正在吧台里按计价器,见服务员把暖瓶给砸了,腾地站起:"你还能不能干点啥了?砸碎一只暖瓶赔100元,本店有规定的。"

宁宁吓得呆在原地,那只伤脚抬起来,不停地抖动。她正要找扫帚打扫现场,从外面踱进来一位50多岁的男人:"哎哟孩子,你咋这么不小心!还不快把袜子脱下来,那脚面该烫起泡了!"男人把宁宁扶坐在旁边一张椅子上,小心翼翼地帮宁宁脱下袜子,吃惊地啧啧连声:"你看你看,破皮了,大热天的感染了可不是玩的……你等等,我去买药。"

迷恋电脑的男孩

旅馆隔一个门就是药店。很快,那男人跑回来,把一张发票往吧台上一拍,掏出一支烫伤药膏和一小卷纱布,把药膏仔细地涂在伤处,宁宁的灼痛感立即得到了缓解,男人又轻轻地用纱布替她包扎……

看着眼前发生的一切,邢胖子莫名其妙,他拿起吧台上的发票,心想,这是让我报销啊,我招一服务员莫不成还要养她老!就板着脸问那男人:"你是什么人,管本店的闲事,这发票啥意思?"

男人站起来,从怀中摸出一张身份证放在吧台上:"我是什么人?我是这孩子她大爷。碰巧赶上了,管管不行吗?那发票是让你放心,证明买的不是假药。"

敢情不是讹他报销。邢胖子松了口气:"大爷?宁宁咋说不认识你?哎,你叫于永海,她叫章宁宁,你怎么会成了她大爷!"刚才这于永海买药离开,邢老板问过宁宁那是谁,宁宁只会惊恐机械地摇头,她不认识呀。

这时候,听到异样的声音,楼上住宿的客人下来好几位瞧热闹的。于永海伸了伸胳膊:"大爷非得一个姓吗?我是她爸爸的好朋友不可以吗?请问邢老板,你这暖瓶外壳都烂了,为什么不及时更换?就算这只暖瓶责任属于宁宁,一只暖瓶几个钱,你让她赔100元?"

"这是本店的规定。"邢老板振振有词,"招聘时,都讲清楚的,哪个也休想耍赖。"

"我就不理解了。"于永海摇着头,"这小女孩干一个月,你给她多少工钱?"

"600元，供吃、住。少吗？"在这个北方城市，也就这价了。

于永海撇了撇嘴："干一个月才600元，你一只暖瓶就罚人100元……"

"咋的啦？"邢胖子从吧台转出来，"你成心找碴是不是？这规定不是我临时发挥，她在这儿两年了，你问她，我什么时候罚过她一分钱？"

"这么说，她是初犯？"得到肯定后，于永海从兜里掏出一张百元钞，还是那么往吧台上一拍："看好了，我替侄女赔这只暖瓶……不过，这伤却马虎不得，这膏药止住疼，我还得带她去医院。"于永海又掏出一百元，"她一天的工钱20元，这算误工罚款中不中？"说罢，他搡起章宁宁就往门外走，把目瞪口呆的邢胖子晾在了那儿，一时不知如何是好！

走出旅馆，斜对过就是医大一院。过马路时，章宁宁这才从紧张、惊吓中缓过神儿来："大爷，我真不认识您啊。您为什么花那么多钱？"

"孩子。我这个大爷的确是假冒伪劣，我真的不认识你。可是如果不这样蒙他，就没理由替你争这口气。"于永海说，"我恰巧撞上了这事，就不能不管。大小是个老板，你说他能在一只暖瓶上赚员工的钱吗？简直是鼠目寸光的守财奴。"

是这么回事啊，宁宁心里温暖得不行："大爷，那我谢谢您啦。不过，我是穷人家的孩子，哪里会那么娇嫩。这伤不重，又有一大管药，就别再去医院浪费钱了。"

迷恋电脑的男孩

　　于永海点点头:"也好。那咱去挂号大厅稍坐,我有话对你说。"

　　带着女孩来到医院挂号大厅,找了张椅子坐下,于永海再次把身份证掏出来递给女孩:"你也验一下我的身份证吧,这样,说话你才不至于怀疑。"

　　于永海说真巧了,他是北煤宾馆的老板,承包到手不足一年,那地儿离这里不到500米。

　　"我知道。"女孩笑了,这附近顶数那家宾馆大,做为同行业,她会不知道嘛。

　　"这么回事。我今天随便溜达,就没开车,偏偏你们店的大门开着,就让我撞上这暖水瓶事件,我感觉咱爷俩有缘分。"于老板极其认真地说,"孩子,我带你去我那边看看,要是满意,就把这边辞掉,我每月至少给你开800元。至于吃、住条件,你那家时尚小店,根本无法相比。"

　　女孩明亮的眸子一闪,随即把头低了下去:"可是,我在那里干了两年,老板还是头一回冲我发那么大的火。我奶奶常说,父打子不羞,官打民不丑。仅仅为挨几句骂,罚点款,就这么给人把活儿扔了,太不仗义了吧?"

　　"丫头,你嫌少?900元,怎么样?"于老板较上劲儿啦。

　　面对这突如其来的好运,女孩简直不知所措了:"大爷,不是钱的事。就冲您对我这么好,500元我也不会嫌少,可就是跟邢老板不好交代。"

　　"我有办法。"于老板还是坚持挂了急诊,让医生重新把伤处作了处理，同时，他打电话叫来了司机，载着章宁宁回到时尚旅馆，对邢老板说，医生嘱咐宁宁的脚至少要休息半个月，怕耽误工作，不如先辞职吧。

一见对方又是轿车，又是司机，邢老板被人家的气势压住了。再听说服务员的脚伤挺重，正好推脱责任，他巴不得地给宁宁结算了工钱。

来到于老板的办公室，于老板对宁宁说："你别感到事情反常，也不必疑虑我是不是对你有别的想法。这件事于你来说，是机遇；对我来讲，是缘分。借跟邢老板拌嘴的机会，我已经对你进行了考察。第一，你工作两年，初次挨罚，证明你有一定的工作能力；第二，我出高薪引诱，你在受了那么大委屈的前提下，仍然感觉辞职有愧于邢老板，证明你这孩子极有良知。千军易得，一将难求，所以我铁了心要挖你过来。"

"大爷，不，老板，您跟邢老板认识？要不怎么知道他姓邢。"

"什么认识，"于老板笑了，"他身后挂着个营业执照，那上面写着呢。"

章宁宁佩服得五体投地，不愧是大老板，说句话完成了考察，进回门连老板的姓氏都掌握了，瞧那个邢胖子，整天不是按计价器，就是盯着员工找毛病，俩老板天地之差！

章宁宁做了北煤宾馆的领班，很快升为客房部经理。在北煤宾馆一做就是5年，甚至把婚期一拖再拖……宁宁说，这是哪辈子修来的福，砸一只暖瓶，却遇上了贵人于大爷。

迷恋电脑的男孩

最得意的还是人家于老板。自打章宁宁接手客房以来,那个部门没用他操一点心,士为知己者死,这丫头唯恐做得不足,让贵人于大爷失望。假如餐厅、后勤的主管都这样得力,他至少还可以多活几年,可惜像章宁宁这样死心塌地为他工作的员工真是可遇不可求……暖瓶、误工、医药……仅仅花掉两三百块钱,这买卖让他赚大发了!

想到这里,于老板不禁有些感激邢老板。

社会万花筒之中国好故事系列丛书

伤疤啊，伤疤

邹喜录出生在一个偏僻的山村，他父亲去世早，妈妈是村里的医生，整天忙着给人治病，对自己的儿子反而没精力照顾。一次，妈妈翻越一道岭去那边行医，小喜录自己在家玩耍时，突然犯了癫痫，昏倒在灶坑前，右边脸上被炭火烧出酒盅大小的疤坑，活像一个超大酒窝，拐带得右眼角拼命下斜，那样子真是既丑又凶。随着年龄的增长，邹喜录仿佛感觉到了周围都是厌恶和鄙视的眼神，哪怕是有人夸他几句，他也觉得是不怀好意。邹喜录想起这块伤痕就抱怨母亲："一个女人，整天到处乱跑，像什么话？连自己的儿子都看不好，你还空谈什么治病救人。"母亲自知对不起儿子，只好劝慰："小录，咱山沟里哪户不是小孩子自己在家？妈妈要知道你有那病，打死我也不会离开你。人有好事，莫问前程……日子总有一天会好起来的，到那时，妈带你去大医院整容，听说现代医学能治得看不出痕迹来。"

迷恋电脑的男孩

邹喜录怎么可能听得进这样的劝说。哼，你倒做了许多好事，你的前程在哪？正在这个时候，他妈妈病倒在床，邹喜录端屎倒尿，烦恼透了。一咬牙，你当年不管我，我也不管你。想到这，他偷了家中的几千块积蓄，悄悄出走，去了南方。

邹喜录打听到一家整容医院，想把这块伤痕修补好。可医生说了个价钱，差点没把他吓死，手术费用十二万，就他口袋里的那点钱，打麻药都不够！

整不了容，邹喜录也决定不回家了，在这边找点事做，省吃俭用攒够这笔钱，不把这伤疤去掉，他宁可死去。可他那副长相，打眼一看，都怀疑他是黑社会那种打打杀杀的亡命徒，否则不会有那么大的伤痕，哪个肯收留呀。邹喜录无路可走，就破罐子破摔，混在当地黑社会头子"孔龙"名下当了马仔。

当了马仔的邹喜录尽管表现得特别奋不顾身，可仍然得不到孔龙的赏识。为什么？他那块伤疤目标太大，每逢作案，太容易让人记住，他不戴面罩不敢出头。眼见得比他小几岁的人都娶妻生子，邹喜录知道他这样子是没人喜欢的，喝上点酒就哭："哪个能治好我这块伤疤，我这条命就是他的了！"

这一天，孔龙把邹喜录叫到他跟前，说："你不是整天惦记要去掉那块疤吗？我能帮你。有件事情你能做成，这伤痕就立刻消失，就看你有没有胆量了。"

听说主子要帮他消除那块伤疤，邹喜录喜出望外，差点给孔龙跪下:"大哥,您真帮了我,就是我的再生父母,我说过,这条命归你了,还有什么不敢做的?"

"傻孩子。命给了我,你治不治疤还有什么意义。我要你好好活着,过幸福生活。"孔龙笑着站起来,拍了拍他的肩膀,"桌子上信封里是两万块钱,你先拿去,无论那事敢不敢做,钱都是你的啦。"

邹喜录想不收这钱都不敢。孔龙见他从了,便说出要让邹喜录做的事,杀人!孔龙跟当地政府某官员有过节,却苦苦找不到机会修理对方。最近摸清楚了对方底细,那官员在民康小区某幢楼私下包养了一个小情妇,两人如胶似漆。那小情妇得寸进尺要转正,官员虑及前程不敢与妻子离婚,两人就吵得很凶。孔龙的意思是让邹喜录把那小女子杀掉,这样,那官员即使摆脱了嫌疑,也难免丑行暴露而身败名裂。

见邹喜录面露难色,孔龙又笑笑:"你把事情做完,江堤上候着一辆车,连夜载你到邻省做美容手术。我同时会给你办理好新的身份证,从此,你可以以全新的名字、面目生存于世上,只是别再提到我。"

干,为了这块长在心头上的伤痕。干坏了,顶多是死;可让他顶着这伤疤一辈子,活着还不如死!

邹喜录经过精心准备,果然顺利地杀掉了官员的情妇。孔龙并未失信,连夜派马仔送他到外省,花费几十万,给邹喜录做了整容手术,纱布揭开,邹喜录喜极而泣,那个疼在他心尖上十几年的大疤真的给填上了,出现在镜子里的是个挺帅气的男子汉。休养了一阵子,马仔送

迷恋电脑的男孩

来一张假身份证,上面是邹喜录整容后的照片,名字改成了王伟:"王伟同志,大哥告诉你,要低调一些,找个偏僻些的地方过日子吧。"

变成王伟的邹喜录千恩万谢,告别马仔去了北方一个偏僻的小县城,在郊区选了个地方安下身来。不久,他在网络上发现了有关他的通缉令。他自认为做得天衣无缝,也还是被警方查了出来。这时,假王伟才明白,孔龙为什么舍得在他身上花这么大本钱,那是利用他显眼的特点,作案后把警方的视线引开,他孔龙却可以稳坐钓鱼台了。

假王伟提心吊胆了一阵子,见没人注意他的存在,整容处的皮肤颜色也渐渐恢复得自然些,就跃跃欲试想找个女人过日子了。他看上了一个模样好看的女孩,拼命追人家。女孩却对他爱理不理的,那是嫌他没钱,没正事。孔龙给他的那点赏赐,怎么可能满足得了女孩的物质需要?假王伟这时才又有了新的感受,去掉伤疤,口袋里没钱,也还是照样难过呀。他把剩下的钱数了数,看到郊外一家小吃店外兑,就接收过来,当了小老板。

不管大小,假王伟变成了王老板。警方四处张贴缉拿邹喜录的通缉令,假王伟强忍住笑要了一张,夸张地张贴在小店最显眼处,现在看看那照片,神探也联系不到一起去呀。王老板发现,他的小店前面是一所学校,如果服务态度和饭菜质量好一些,老师学生们肯中午到这边吃饭,多少还是有剩余的,这样,他起早贪黑地忙碌着,生意渐渐有了起色。

说话间天气变暖,王老板发现了隐患,怪不得这饭店兑得便宜，敢情学校那厕所在作怪呀。厕所依围墙而建，粪池暴露在墙外，离饭店很近。冬天还没觉出什么，天一暖，招得苍蝇成群，室内一天两遍喷洒灭蝇药，仍然挡不住它们满屋子乱飞。眼见得顾客渐渐稀少，王老板懊悔不已，这饭店要粘在手上了！

这天天黑后，正生着闷气的王老板看到煤气罐空了，需要灌气。他晃了晃，水声响亮，知道罐里有许多残渣，自己不倒干净，分量上要吃亏的。为图方便省力，他就近把残渣倒进了厕所的粪池。嗅到那股刺鼻子的怪味，王老板突发奇想，说不定这一熏，苍蝇全死光了，那他可要申请专利呢。

放下空罐，王老板进厕所里解手，这工夫，电话响了，他在蹲位上往外掏手机，却被衣服挡了一下，那响着彩铃的手机脱手掉进了脚下的粪坑里。王老板吃了一惊，急忙起身，打着打火机举到腮边，弯下腰去查看手机位置。看着看着，猛听轰的一声，打火机点燃了煤气残渣，一股火烧到了他脸上，疼得他呼爹喊娘地逃出厕所……

王老板的伤还没完全治好，就被公安局抓了起来，说来真是报应，那片火不偏不倚，恰巧把他当年整容补上的皮烧掉，这让他原形毕露，医生认出了躺在眼前的，正是网上通缉的杀人犯邹喜录……

邹喜录为了那块疤铤而走险，杀人潜逃，没想到折腾了一圈，那伤疤只做了短暂的消失，又牢牢地回到了他脸上。由于检举了孔龙团伙的许多罪行，他一审被从宽判为死缓。在羁押处，他见到了故乡的村主任。村主任眼含热泪告诉他，自从邹喜录离家出走后，村民们自发组织起来，轮流照顾他患病的妈妈。但因为儿子的出走，妈妈终因伤心过度，已于近期去世。村里想尽一切办法寻找邹喜录，但是杳无音信。山村虽然贫穷，但是拥有一片落叶松树林，一直与隔岭某村打着归属官司，今年官司终于胜出，林权判归邹喜录所在的村子，落叶松也到了砍伐期。感念邹妈妈生前为村民做了那么多好事，又因行医伤了儿子的脸，如今有了报答的能力，大家一致同意割出一成来划归邹喜录继承。"那片松树大概能卖五六十万，估计给你整容用不了的。如今成了这样子，让大伙怎么跟你死去的妈妈交待啊。"

邹喜录脑袋嗡嗡作响，他反复回忆着妈妈生前那话："但行好事，莫问前程；善有善报，恶有恶报……"唉，他要是肯听妈妈的劝说，再忍耐几年，眼前分明是一条阳光大道呀……

社会万花筒之中国好故事系列丛书

老友卖拙

　　五年前，小青年郭玉平和黄天庆一同离开那个山沟，分别到南方相邻的两个城市打工。郭玉平横下心来要做个样子给大伙尤其是给黄天庆看看，然而，也是命运不济，他所到之处一律碰壁，折腾了三年，可以说一事无成。期间小郭跟黄天庆通了一回电话，黄天庆告诉小郭，他从某公司一个工地采买做起，因为诚实守信，很得老板赏识，一步步提到了助理的位置。后来老板退出，把公司卖给他经营，现在辖下有20名工人，大小也算个老板。"哥们儿不要客气，咱俩好歹也是一起长大的朋友，有啥事只管吱声，我黄天庆头拱地也得帮你办。"

　　黄天庆确是真心实意地表态，可这话却让郭玉平很伤肺管子。当初在家乡那个叫横道河子的小山村，上千口子人丁中最出色的就是他跟小黄，被称为俩"人尖子"。而今黄天庆一步登天，满地球装不下了，听听他这股小人得志的口

迷恋电脑的男孩

气！挂断电话，郭玉平狠狠地抽了自己俩嘴巴："你这个不争气的东西，受小人的气也活该，没事打什么电话呀。"

自从那次联系上了，黄天庆便经常打电话来问小郭怎么样了："要不行就来这边发展，多一人多一份力量呢。"小郭嘴上硬撑着说不错不错，心里越发较上了劲儿，他姓黄的是不是摸到了底细，故意刺激我呀。老子人穷死还有骨气在，不可能去扳你的门槛儿。

可发狠归发狠，郭玉平事业上仍然一步一个坎儿，最后好不容易找到一家称心如意的公司，可不久老板出了车祸，公司倒闭，郭玉平口袋里只剩下两百块钱，那真是想哭都找不到调门呀。

恰在这时候，黄天庆又打来电话："哥们儿，有时间过来聊聊呗，我请你吃海鲜。"郭玉平一咬牙："我最烦的就是海鲜。等着，我午前一定赶过去，我请你。"

郭玉平人穷志不穷，一定坚持请黄天庆吃饭。见到黄天庆身上穿着极普通的休闲夹克，坐公交来接他，小郭心里平衡了许多，原来你也是穷酸老板，比我强那么一点点而已。心里清楚口袋里没钱，郭玉平就虚张声势地说喜欢川菜。其实他下车时就码好了，附近只那一家简陋的川菜馆，花不了多少钱。黄天庆只好任他拉着进了那家小店。

两人坐下，服务小姐送来菊花茶，同时有小碟装着冰糖块儿。黄天庆说："这菊花加点冰糖，败火又好喝。"说着，伸出手指拈起三块冰糖，放入自己的杯中。

小郭憋不住在心里暗笑，真是尺有所短呀。你不过当上

社会万花筒之中国好故事系列丛书

个土鳖财主,其实浑身仍旧脱不了土包子气,这冰糖哪有用手指头捏的。他斯文地伸筷子夹着冰糖往自己杯里放,就感觉除了钱,自己丝毫不比黄天庆差到哪里去,气氛很快融洽起来。

几杯酒下肚,哥俩又回到当年那个小山沟里,讲的尽是少年时代的糗事。郭玉平把不快全部抛到了九霄云外,借着酒劲把自己的倒霉事向好朋友一股脑儿吐了出来。黄天庆吃惊地瞪了他半天:"伙计,你咋不早说。我运气可比你好得多,现在管辖着20个多人,每人剥削他100块的剩余价值,那就是两千。何况哪里止100块呢。你要是真拿我当哥们儿,需要钱创业就快说。"

让我拿他当哥们儿?这话听着顺耳。郭玉平把自己的想法亮了出来,他把市场考察得相当清楚,在那个城市扎绢花卖肯定是冷门,可惜他手里缺乏资金。

"哈哈,谁说你总倒霉,我看你是福将呢。"黄天庆告诉小郭,他本来资金也是捉襟见肘,谁知道三天前刚刚到手一笔横财,"这点钱全借给你吧。"不由分说,拉着郭玉平就去附近一家银行取出钱。小郭要打欠条,黄天庆一筋鼻子:"我若是担心你不还,还莫如不借你呢,拿去。"

这回又轮到小郭心里暗自嘲笑对方了,瞧你那小人得志的样子,有俩钱不知道姥姥家姓啥了。这样素质的人都能当老板,我郭玉平还差什么?

有了资金,小郭也就时来运转。他本来专门学过绢花工艺,一旦找到适合发展的市场,顺利极了,不但当年赚回投资，还把借黄天庆的本钱打了过去。黄天庆十分欣喜，直夸小郭讲信义，是他学习的样板。

消除了当年那层尴尬，两人的电话频繁起来，小郭不断把自己的经营心得告诉黄天庆，从小黄的谈话中，他也汲取了不少可借鉴的经验，他的企业呈现蒸蒸日上的趋势，如今，也有人称呼他"老板"了。

有一回，郭玉平得知黄天庆要扩大规模，正四处筹借款子，小郭恼了：什么人呢，开口闭口教导我要把你当哥们儿待，你自己是如何做的？他吩咐会计把一笔款打入黄天庆的账户，这笔钱比当年小黄借他的10倍还多，然后，他亲自杀上门去问罪。

找到黄天庆的公司，小郭吃了一惊，这么大的门脸，怎么可能是只有20名员工？黄天庆有急事出去了，只能由助理陪郭老板喝茶。郭玉平问："你们这企业多少员工？"

"200多名。"

郭玉平又是一惊："我两年前到这边来会见过你们黄总，那时他手下……"

"那时候多。大约300余人，大小汽车5辆。"助手回答，"后来黄总感觉有些臃肿，去年分掉了一部分，让别人经营去了。"

原来是这样。郭玉平恍然大悟，这个黄天庆，他明明看穿了我的自卑心理严重，当初穿休闲装挤公交，那是故意低调搞缓冲呢，甚至编造发横财的谎话，就是千方百计给我台阶下……这老伙计不愧是发小朋友，当初他要是真摆出大老板的架势,我郭玉平还不转身就走呀,那怎么会有今天?小郭的眼睛潮湿了:"待会儿我要跟老朋友直言,他有些小节不注意,影响形象呢。上次来时,老伙计直接用手去捏冰糖,这太不雅了。"

"噢,那是我们老总的处世技巧。"助手说,"他肯定是看到您当时比较拘谨,故意卖拙,好让您心理平衡啊……"

话没说完,门开处,黄天庆急匆匆赶回来了。郭玉平抢步上前去,紧紧地握住老朋友的手,只顾不住地摇晃,一句话也说不出来。

迷恋电脑的男孩

惹气的春联

新春佳节,大老郑去市场精心挑选回一副措辞喜庆、祥和的春联,大年三十就贴到门上。初一早晨开门,见楼上的方老先生站在楼道端详他家的春联呢,没等大老郑开口,人家方老先生就抢先问候:"过年好,邻居。"老郑赶紧回敬。又听方老先生说:"挺好的春联,你怎么把上下联给贴颠倒了呢。"

大老郑好不丧气。心想糟糕,这老方头虽然刚搬过来半年多,可整个小区差不多都知道那是个有大学问的人,在省楹联学会挂理事衔呢,他说颠倒了,那必是颠倒的。但他又不甘心让对方笑话或者低看,于是点头赔笑:"谢谢您提醒,这是家属贴的。"

"贴倒了,承认一下不就完事,还往家属身上赖。那你这户主是干什么的?"方老汉不依不饶。方老汉嗓门大,又爱较真儿,若让他嚷嚷开来,楼里邻居都听到了,那更没面子。大老郑只好再次告饶:"谢谢您老人家提醒,明年我一定改正。"

大老郑事后琢磨,自己书读得不好,那也叫初中毕业,这个春联一共两张,怎么就会给贴倒了?老师当初讲没讲过呀,记不起来了。他请教过几位懂行的,回答说那还不容易,尾字平声的是下联。

到了年底,大老郑又买对联去,他一眼看上了带有"增百福"字样的那副,因为他大老郑就叫做郑百福。回家后不放心,打电话给远处一位教中学语文的亲戚咨询,刚念了"……增百福",亲戚就说:"这肯定是上联,绝对错不了的。"

照亲戚的指点贴上,大老郑初一早晨把耳朵贴在门上听。哎,那伴随着手杖慢慢腾腾的脚步准是方老师下楼来了,又在他门外停住。大老郑假装碰巧打开门的样子,忙给巧遇上的方老师拜年。方老师瞪着眼睛晃脑袋:"更不对了。"

"更不对了?"大老郑觉得这老头儿纯粹是故弄玄虚了,顶多是个错,怎么还有"更"?一副春联,教中学语文的指点过,还不准确,难道要弄央视鉴宝节目上去呀?

"那写对联的是半吊子,两句全是上联!你怎么搞的,连副春联都选不明白。"

大老郑本人特迷信,大过年的让人堵着门指点这不好那不对,心里别提有多窝囊了。他赶紧抽自己嘴巴,解嘲说,都是那年代给害的,没让好生读书。老先生抢着了理,这才心满意足地离开了。

迷恋电脑的男孩

事后，大老郑越琢磨这春联的事越上火，凭什么如此简单的两张纸，却让一外人给弄得如此复杂。这一年也巧，家里许多事情都不顺，大老郑觉得都是那春联触了霉头，于是到了第三年，他一赌气，索性不贴了。我不贴，让方老头没地方挑毛病去，憋死他！

初一，初二，门外静悄悄的，没听见方老师评判他的春联。大老郑这才松了一口气，早知道，去年就不该贴。正想着，却听门外有人吵嚷，又是方老师那大嗓门。敢情方老汉这个年是去乡下他哥哥家过的，初三才返回。上得楼来，就敲大老郑对家邻居的门，询问："大老郑过年不贴春联，不知他家里什么人过世了？"

"没听说过呀。"大老郑听得邻居回答完问话，又好奇地质疑，"过年不贴春联，并不能证明是死了人吧？"

"这你就不懂了。告诉你，我不但是对联专家，还是民俗专家，对有关春联中的民俗进行过专门研究。家庭重要成员去世，头一年不贴春联；第二年要贴，写在白纸上；第三年写在黄纸上。过去三个年头，才可以贴红色的。这个大老郑挺重视春联的，他不贴，肯定是家中有人故去。"方老师说，"作为邻居，有个红白事，无论如何也得通知大伙一下，随份子礼，这是人之常情！"

大老郑一屁股坐在地上。他现在不出去，堵得慌；开了门，也许更堵！

社会万花筒之中国好故事系列丛书

我是你大哥

岳小满的老婆跟她的老板居然在家里偷情,让岳小满堵了个正着。没想到那奸夫是个无赖,做了恶事丝毫不觉得理短,反而把小满痛打一顿,那个不要脸的女人当场扔下一句"这日子没法过了",索性离家出走躲了起来。岳小满这个气呀,打电话把乡下的亲戚约到家好几位。大伙一听这事,也都炸了气管子:"有几个臭钱就这么无法无天?咱别的没有,跟他用家什说话。"亲戚们准备好菜刀、铁管子,还有刨粪的二齿钩子,大家计划,今天恰好下雨,路上人少,天黑后埋伏在那老板的住宅附近,等他一下车,大伙冲上去暴打一顿,看他往后还敢嚣张。

大家正筹划着,岳小满最铁的大哥老胡接到电话也赶了过来。当年,小满的哥哥大满跟老胡一起挖煤,遇上塌方,是哥哥一把推开老胡,他自己却没能逃出来。当时老胡跪在大满灵牌前发过誓,只要他老胡活着,就一定要照顾好岳小满。如今小满蒙受这样的奇耻大辱,胡大哥怎么可能袖手旁观?

果然,胡大哥当面细问一遍事情的起因,气得浑身颤抖,大骂无耻流氓!胡大哥逐个看了看亲戚们,说:"大家能为我兄弟两肋插刀,我感激不尽。不过,这忙不用你们帮,我现在要请你们喝酒,表示表示。"去饭店把大家招待得酒醉饭饱后,胡大哥冲亲戚们抱抱拳:"人到求人时,才看出谁是知心人。咱们来日方长。"说罢,他掏钱打了两辆车,送乡亲们回家了。

岳小满看得目瞪口呆。好不容易请来帮助出气的,怎么给打发走了?

胡大哥拉着岳小满回到家里,说:"你看大伙的情绪了吧?我让他们回去,个个喜笑颜开,说明不愿意打架。"

"愿意不愿意,他们可是亲口答应过的。"岳小满悔得直跺脚,"你给弄走了,我这气如何出?"

"我帮你出呀。我是你大哥。"胡大哥拍拍胸脯,"现在有三个方案,你选择定下了咱就办。第一,是强攻。我俩拿着菜刀去堵那恶棍,杀了他,咱弟兄有两条命赔他,大哥我眉头不带皱的;第二,是智取。不用你出面,哥哥我想法子跟那家伙套近乎,骗得他信任后,我下点毒,跟他同归于尽,咱哥俩省一条命。"

岳小满有些犯犹豫了。两命换一命,确实太亏;可让胡大哥一人顶着,自己躲清静,那于心何忍?他语气软了下来:"你不是说还有第三条道吗?"

"第三条,是绝上智取。"胡大哥告诉小满,刚刚出了事,马上报复,那明摆着就是给警方留嫌疑,所以他才把乡下亲戚打发走。他现在在乡下某个煤矿管点事,假如偶尔偷点炸药,天长日久积攒多了,到时候选个时机,把老板和他的房子一块儿炸平……

"老板得罪人多,到那时候,警方也未必怀疑到咱头上。"胡大哥分析。

岳小满点头道:"当然是绝上智取最稳妥。只是我眼下这气愤难平。"

"老话说,君子报仇,十年不晚。你只要天天想着他快了快了,心理不就平衡了?还那话,如果你实在忍不住,大哥现在就陪你出击。"

岳小满一把搂住胡大哥,放声痛哭:"您真是我的好大哥,到这种时候,还处处替小弟设想。"

哥俩一番密谋,胡大哥回去准备了。

事情过去一个月,岳小满跟妻子离了婚。这样更清静,他一个人,将来把那老板做掉,可谓神不知,鬼不觉。

胡大哥给小满打来了电话:"你别急啊。你不知道,爆炸属于恶性大案,现在警方抓得特别紧,我偷出点炸药费老大事了,一旦被发现,咱目的还没达到,我就先进去了。要命的是便宜了那个流氓……"

"对呀大哥。咱一定要稳妥再稳妥。您要是有个闪失,我更没主心骨了。"岳小满捧着电话泪流满面。

转眼到了八月中秋。胡大哥过来陪小满过节,他告诉小

迷恋电脑的男孩

满,事情做得很顺利,现在准备的炸药,足可以送那坏蛋上西天,不过,那要近距离实施,把握小了些。

"不能那样。"岳小满宽慰大哥,"君子报仇,十年不晚。这才半年。"

"好。"胡大哥夸奖道,"我兄弟就是与众不同,有战略眼光。哥哥就慢慢准备着,最迟明年这个时候,他家将会是一堆废墟。不过兄弟,哥问你,你当真没跟任何人透露一星半点吗,泄漏一点,哥可就牺牲了。"

"大哥您放心。"岳小满说,"我出卖爹妈,也不可能出卖您呀。此事我一个字没露。"

时间飞快,又是春暖花开。胡大哥不断打电话报喜,说炸药准备得顺风顺水。

这段时间,岳小满的工作从一线调到了管理层,工资也提高了一截。前妻见他的条件好了,委托朋友上门说合,愿意与他重归于好。岳小满才不想搭理她,当初害得他好苦。这时,有同事帮助他介绍了一个女朋友,跟前妻相比,温柔、贤惠,两人很快坠入爱河。

这天,胡大哥打电话,让岳小满下班后到他家来一趟。小满跟女朋友打了招呼,天黑时,赶到了郊区胡大哥家。胡大哥说:"自从你有了女朋友,咱哥俩难得单独说点体己话了。今天你大嫂带儿子回了娘家,大哥有重要事跟你说。"

胡大哥住平房。他出门从仓房里搬回一个纸箱,墩在地上:"兄弟,大哥不负使命,炸药准备得足了。咱哥俩先吃饱喝足,然后,骑我的自行车去炸那龟孙子家。"大哥抚摸着那箱炸药,"这些药,咱城市那座跨江桥也得塌掉,何况老板那破厂房。"

"大哥。"岳小满有些顾虑,"现在到处都是监视摄像头,咱带着炸药去,不会被发现吧?"

"我准备了头罩。"胡大哥说,"咱路上尽量低着头,应该看不准确的。"

"可是,万一碰上熟人怎么办?"

"那只能怪运气了。"胡大哥说,"往好、往坏我都一一想过,做什么事,都得有一定代价,反正大哥是豁出来了。"

"万一出点事,嫂子和侄儿怎么办?"岳小满忧心忡忡。

"瞧你,婆婆妈妈。当时那股劲儿哪去了?"

"当时在气头上,谁劝也白费,越劝越来劲。"岳小满说,"大哥,我现在工作舒心,又有了女朋友,对那个女人和流氓的事,忘得差不多了,咱不去扯那个行不?当然,大哥这份情我得还,只有留得我这人在,才有报恩的可能呀。"

"难道这药我白弄了?"胡大哥从桌上抓过一把刀子。

岳小满双手握住胡大哥攥刀的手:"大哥,真的算了吧。此情我永世不忘。"他以为胡大哥马上要走极端。

"那也不能白费了我一番心思。"胡大哥让小满松开手,他几刀子把纸箱子划开,岳小满一下子愣住了,哪有炸药啊,纸箱里全是啤酒和熟食!

迷恋电脑的男孩

"兄弟,实话告诉你吧。当初你哥救我,不是像我事后说的那样,事实是顶木落下来,先砸在他头上,然后弹到了我背上,由于他的缓冲,我才捡了一命。你那事就好比那截顶木,刚落下时势不可当,于是我就用凑炸药的方法让它缓冲,一点点消磨你的火气。"

岳小满这才想起后怕。当初若是让乡下亲戚一齐去揍那老板一顿,万一严重了,会牵连多少人进去?他又一次抱住胡大哥:"您这一缓冲,救了三个家呀。我和我女朋友这辈子感谢您。"

"这话对了。"胡大哥笑道,"你那女朋友,也是我让你大嫂替你物色的,没想到你俩还真成了。现在明白了吧?打架是男人的专利,但打架是最愚蠢最无能的表现。来,把这些酒菜消灭掉,祝贺咱弟兄俩躲避掉了一场灾难。"

"大哥,您咋待我这么好呢?"

"屁话。"胡大哥瞪小满一眼,"我是你大哥!"

社会万花筒之中国好故事系列丛书

天上掉下一笔财

星期一，得知当年栽的树被人偷了不少的盛大中，从乡下憋着一肚子气回单位上班。此时，他发现同一办公室的黎娟已经到了，因为两个人都是独身，盛大中特别注意影响，两人平时客气得都有些过火。可今天，黎娟并不与他打招呼，只一个劲地筋着鼻子说："办公室一股饭味儿！"盛大中本来心情不好，就顶了一句："我大礼拜去乡下两天，你鼻子也太好使了吧。"黎娟见短了理，把手一伸："你介绍对象的那照片咋还不还我，你想干什么？"盛大中的火一下子就蹿到了脑门子上，不是饭味儿，就是照片，你找病是怎么着？当初是黎娟缠着盛大中给她的侄女介绍对象，照片也是她主动给的，如今那两人没看成，黎娟讨回照片，也是正常，可上周五才磨叽过一番，他还没来得及找那男方呢，今天又催，难道我是负责给你讨照片的吗？两个人你一句我一句吵了起来。此时，同事贾大姐进来，把黎娟一把拉去：

迷恋电脑的男孩

"君子不和牛赌气,走,你陪我去商场。"办公室扔下盛大中一人,独自喘粗气,突然,盛大中眼睛一亮,就在黎娟刚才站立的脚下,亮闪闪的是一枚钻戒!这钻戒盛大中再熟悉不过,黎娟的,戴在那蜡雕似的手指上,没少当他面炫耀过,这回我让你嘚瑟!

盛大中的心突突地狂跳不止,这可是天上掉下一笔财。黎娟呀黎娟,平时不行善,出门大风灌,若换了别人,我盛大中会立即趴窗上喊你回来,免得你着急;然而,你黎娟是个例外。盛大中捡起钻戒,往抽屉里一塞,假如她咬不准是在哪儿丢的,那他盛大中就做一回损,这黎娟刚才的确是伤透了老盛的心。

整个文化馆30名职工,人人都有背景,全捧铁饭碗,唯独盛大中是凭发表作品出了名,破格从农村招聘到馆里搞创作,是个合同制。这样,盛大中也无限满足,决心干出点儿成就来,让大家刮目相看。没想到事业刚刚有点起色,他妻子脑袋长了一个瘤,折腾了好几年,老婆没救过来,准备买房子的钱全也花了进去。没办法,他只好带女儿暂住办公室。为了省钱,他偶尔用电饭锅做顿早饭,还怕领导发现了制止,跟做贼似的。都道人善有人欺,他睡办公桌,这黎娟一个人近百平米采暖楼住着,又倚仗腰包鼓,居然瞎说室内有饭味儿,这不是挤兑人嘛。

不大一会儿,黎娟和贾大姐回来了,盛大中假装低头写作,心里终究是不得劲儿。只听得贾大姐问黎娟:"你想清楚了吗,不会是落在家里了?"

"怎么会。我清楚记得进商场时还有，这小偷就该枪毙。那还是我姑妈回国看我时，亲自帮我挑选的，白瞎了。"黎娟说着，从抽屉里翻出一张票子，"贾姐，你看，我的鉴定卡、发票都还留着呢，两万多块。去它的。"她把那票据一揉，扔纸篓里，又楼上楼下一通诉说，好像她丢了戒指有功劳。说够了，招呼也不打，径自回了家。

坐在桌前，盛大中一个字也写不下去，此刻他进退两难。就算与黎娟吵了几句嘴，但那么贵重的物品，怎么可以昧下？黎娟回家不定怎么心疼呢。他刚才失去了交还钻戒的机会，如果事后再拿出那来，同事们会怎么看，他本来就低人一头。

这时候，贾大姐风尘仆仆地回来，她早就跟黎娟明和暗不和，一进门就幸灾乐祸地说："人欢没好事，狗欢抢屎吃。你说你大中多老实，来馆里好几年了，跟哪个红过脸，她居然跟你吵架，不就是有俩钱烧的嘛。丢钻戒活该，那小偷是替天行道。"盛大中哼哈地答应，心里有话要问贾大姐呢。贾大姐讲完了黎娟，口气一转："大中哎，不好意思，那钱，你姐夫没跟我商量，竟给存死期了！"

盛大中一下子如同掉进了冰窟窿！

盛大中的女儿中考差3分不够入重点，面前两条路，如果去重点高中，对不起，分数不够，得掏赞助费一万五；没钱，那就得读普通高中，不用花钱，可听说那学校管理稍差，男生女孩早恋成风。女儿天资聪颖，都是她妈这几年生病给拖了成绩，盛大中就想咬咬牙，帮女儿圆重点的梦。可

迷恋电脑的男孩

是一万五对于他来说，是巨款。老婆生病时，有限的几家亲戚都借遍了，三天前，他在办公室好不容易开了口："贾大姐，我女儿差一万五……"贾大姐头一昂，挑衅似的瞟了黎娟一眼："小菜一碟。大后天中午，我给你捎了来。"盛大中当时眼泪都快下来了，多好的同事啊，他此前暗中还嫌人家俗气……他给人下跪的冲动都有。没想到，今天下午是最后期限，答应得妥妥的事，到捏脖子的关键时，变了卦！

这贾大姐最是势利眼，当初答应借钱，是因为与黎娟顶牛，拉盛大中争取人气；如今见盛大中与黎娟吵起来，她才不当那大头呢，借给盛大中钱，他哪辈子还得上？

盛大中怪不得贾大姐，都怪自己穷。他急忙打电话，向朋友借。朋友们这个说，你早吭声啊，现在我如何如何……千篇一律是没钱。盛大中一咬牙，他把黎娟的钻戒锁到他的卷柜里，都是黎娟你一大早鄙视我，这次我对不起了。盛大中盘算，先让女儿去普通高中委屈一段吧，嘿，纸篓里还有发票、质检卡……最近，金子钻石不停地涨价，过些日子，他正要到南方开会，托那边的朋友处理掉，女儿学费不就有了，那替天行道的小偷就是他盛大中又怎么啦。

中午，女儿放学到办公室吃饭。盛大中破例带她去了饭店，对孩子说："丫头，爸将有笔稿费，可得过一段时间才能到手，借不着学费，你先去普高学着，最多俩月，爸爸无论如何也把你转到重点高中。"女儿如花的笑脸一下子暗了下来，但很快又平静地说："爸，普通高中也是人念的，别人能去，我怎么就不能？"

盛大中心如刀绞，人穷了，这哪叫人呢。

中午一顿饭，全堵在盛大中的胃里，鼓鼓囊囊地难受。世上非法占有他人财物的多着呢，可不应当包括他盛大中。君子固穷，他还写小说剧本教育读者呢，分明是虚伪的愚弄！但一想到黎娟清早那副嘴脸，盛大中又有了一种报复的快感。总之，这钻戒把他折腾苦了！

一直捱到下午四点，懒散的同事陆续开溜，贾大姐更是早就没了影。这时候，黎娟突然来了，并不与他打招呼，就那么尴尬地枯坐着。盛大中一下午的心理防线登时崩溃了，那么贵重的戒指，她能不心疼吗，自己这……女儿学费不能用这赃钱来交。他用尽力气，把钥匙扔给黎娟："你帮我打开那卷柜……对，上层，邮票本下面……"

出现在黎娟面前的是那枚亮闪闪的钻戒。黎娟抓在手中，又贴在心窝处，好久，说了声："谢谢。"转身走了。

盛大中就像卸下了千斤重担，他的心头一下子亮堂了，不这样，以后见了黎娟，内疚的折磨他如何能承受得了……

晚上，女儿嘴里哼着歌儿，欢蹦乱跳地跑上楼，手里捏着一块巧克力，硬往盛大中嘴里塞："爸呀，黎娟阿姨下午帮我交了学费。她说跟你讲好了，等你剧本稿费来了再还她。"

啊？盛大中呆了，那剧本他只不过随便那么一说，不定哪天下笔呢。这个黎娟，她……多亏良心发现，真要是昧下那钻戒，他盛大中还有脸活着吗？

此后，盛大中一头拱进了创作中，他得写出剧本，还

迷恋电脑的男孩

人家黎娟的钱,更重要的是黎娟都记住他要写剧本,拿不出来,没面子呀。他把黎娟的举动加入剧情中,整个故事有了灵魂,剧本很快脱了稿,一下子就被一家电影公司看中并签了约。盛大中为本市写出了第一部电影,当年获得市、县两级政府的奖励!

这天晚上,盛大中鼓足勇气请黎娟吃饭。他拿出两叠钱:"小黎,多出来的是利息,我盛大中愧对呀。"

黎娟叹了口气:"盛老师,该愧的是我呀。"

黎娟早就看出盛大中的窘状,真想帮他一把,然而,贾大姐慷慨答应借钱,根据她对贾大姐的了解,感觉不踏实,就想了办法,故意把钻戒丢在地上,又设计了那场争吵激怒大中,等贾大姐一进门,她就拽着她去了商场,一切都为盛大中心安理得地占有钻戒做的铺垫。黎娟并没回家,她是躲在单位对过的美发室内,验证一下贾大姐的为人,果然不幸被她料到了……

"我回家左想右想,终是怀疑你未必能把那钻戒卖掉。我也是忍痛赌一次,既盼你卖掉它,又不希望看到那结果,你说我那不是有病吗?万幸的是我没看错,盛老师真让我高山仰止啊。"

盛大中的脸腾地红了:"小黎,我对恩人不敢讲假话。我归还你钻戒,是经受了斗争,我差点就是小人,你别把我看得太那个了,小黎。"

黎娟端起酒杯,一仰脖全倒了下去:"小黎,小黎,这里有单位的人吗?白瞎你个文人,就不会换个称呼!"

社会万花筒之中国好故事系列丛书

玩点小心计

　　六七年前,戴宏伟参加手机培训班学艺期满,以优异成绩毕业出徒,在省城北部开了家小型手机修理处。生意马马虎虎,却也对付着养家糊口。这天傍晚,戴宏伟正一个人瞅着窗外纷乱的行人发呆,突然一骑破单车咯楞响着来到他门前停住。车上下来一个人,嘿,是他学修理手机时的同学常又军,自从毕业后,再没联系过,今天他怎么突然找上门来了?

　　两人好一通寒暄后,戴宏伟这才知道,常又军最近在城南一家超市当保安,看那身行头,就知道混得大不如他。同情之余,老戴心里隐约升起一丝优越感。这时,常又军掏出一款手机,说这是他朋友的,知道他学过手艺,便拿去找他老常看。"可是,我这两把刷子你还不知道,根本看不了。我说我有位同学老厉害了,保证手到病除。这不,拿来求名师指点。"

迷恋电脑的男孩

戴宏伟接过手机,就知道这毛病挺费事的,他迅速诊断,当场操作。常又军在一旁竖着大拇指,直劲夸他技术过硬,夸得老戴心情无比舒畅,没用一个小时,就给修理好了。常又军说是朋友的活儿,一定要付款。戴宏伟推辞不过,50元钱的活儿,只收了20元。感动得老常不住声地道谢,说了一堆今后少不了麻烦的客套话,因为急着赶回去上夜班,他连饭也没在这边吃,就骑上车子回了城南。

望着常又军远去的身影,戴宏伟苦笑着摇摇头。这个常又军真是他有生以来很少遇到的笨人,就跟有多动症似的,上课时不知道他想些什么,左耳听了右耳冒,记住了今天的,又忘掉了昨天的,若不是师傅看在学费的面子上,早赶他走了。实习时,哪位助理教师都不愿意带他。怎么样,交完学费搭上功夫,毕业后还得转行当保安,瞧他这脑袋!不过,今晚上听着老同学的恭维又额外赚到20元钱,着实是件划算的事儿,假如天天这样,他戴宏伟每月会多收入600元呢。

要不说戴宏伟运气还不算最差呢,这念头闪过没两天,常又军那辆破车子又光临了。这次他带了3只手机过来,边讨好边摇头:"真是烧香引得鬼进门,推不掉呀,谁让大家都知道我有位高才生同学呢。我想,反正这个时间段我没事,只当替老同学揽活儿啦……一提同学,我这脸都没地方搁,瞧我是怎么学的。"

望着老同学那讪讪的表情,戴宏伟强忍住笑,嘴里扯些闲篇缓冲尴尬气氛,很快把3只手机全修好了。心里想,修理这活儿，只搭时间不费材料，就算用着替换零件，也是机主付费，他老戴可以再赚一份儿，何乐而不为？不妨给他点甜头，鼓励他今后多揽活儿。100元的活儿，戴宏伟说成120，只收了60元。最后，戴宏伟说："今后就这么定了，凡是老同学朋友的活儿，我一律五折优惠。"

打那以后，那常又军每隔一两天就送手机来修。戴宏伟恍然大悟，这小子哪来这么多坏手机的朋友呢？八成是他的虚荣心作怪，四处炫耀他会修手机，破车揽载，接到手又处理不了，只能往这边推。管他，其实这修理手机差不多等于是个无本生意，假如有十个八个常又军，他戴宏伟还发财了呢。

因了这修手机的关系，戴宏伟和常又军走得一天比一天近便。随着生活的提高，常又军把他的破单车换成机动的，最后开上了轿子。终于，拿来修手机的次数渐渐少了，戴宏伟纳闷，没听说这老同学的父母是有钱人呀，他一个保安，哪来的这么多钱，莫不是买彩票中了大奖吧？

戴宏伟几年来也攒下了些钱，可买房按揭还没偿还完呢，何谈买车？零碎账怕积累算，回头一想，老同学这些年帮他揽到手的活，两三万足有了吧。想到人家的好处，他就打了电话，约请老常过来叙叙旧，顺便探探他是怎么发的财："我要请你喝酒，你打车过来吧，车费算我的。"

找了一家不错的酒店坐下。常又军却抢着率先敬酒："这顿饭，算我请你的。实不相瞒，兄弟我并不是在超市当保安，我干的也是手机修理呀。"

迷恋电脑的男孩

什么？戴宏伟如梦方醒，怪不得老常拿来的手机，都是比较难修的，原来简单的都让他先修理了，留下些处理不了的，才往他这边推！

"我脑子笨。可人再笨，也总要吃饭吧。"常又军叹了口气，说，"所以我就玩了点小心计，在不伤害朋友利益的前提下，借高手的能力，维持我的门面。"

常又军毕业后，就在当地的农贸市场入口内侧，租了个微型修理间。来修手机的多为小毛病，老常自然能应付过去。遇到疑难杂症，他就问人家急不急，如不急，夜里拿回去认真看看行不行？这一招十有八九得到了客户的信任，都感觉他是认真负责呢。于是，常又军留下对方电话……他所在的市场关门早，他趁这时机骑车外出找高手。第二天，赚了费用又不误事，这一招给人的印象是热情负责，倒使他的生意一天好似一天。

"你这老伙计，当初就算照实说，我还能吃掉你不成？还拿什么保安……"戴宏伟有被戏弄的感觉。

"同行是冤家，我不是担心遭到拿捏、戒备嘛。"常又军歉疚地说，"再说，就算你老戴不介意，又怎么能保证别人不介意。"

别人？是啥意思……

常又军告诉老同学，他在城区各方位共有十几位这样的"幕后专家"，每当揽下疑难活儿，他就根据对方不同的作息情况，分散求援，这样做，为的是不引起猜忌。他在等候修理的同时，或多或少也学到了一些技巧。

"要知道我是同行，你们不一定会把技巧向我敞开那么多。"常又军感慨地说。

"你这小子蔫巴坏呀。"戴宏伟真是啼笑皆非，"边揽活边偷艺，合得着让你两头赚。"老戴一想，吓出一头汗，常又军承认像他老戴这样的点有十几处，这么说，他老戴凭手艺、搭零件才赚了两三万，而人家老常玩空手道，就赚去了有几十万吧，到底哪个是笨蛋呀？

喝干一杯酒，常又军哈哈大笑："玩点小心计啦，没伤害朋友吧？不过，我学到的技巧却没什么用处，因为我决定不干这一行了。"

戴宏伟这才知道，人家常又军这几年赚大发了，不但开了手机专卖，并且申请创办了一所手机修理培训学校。

"我聘请了最好的修理师傅当老师，其中就有当年的教师助理。别看我技术不行，可专家们个个见到我，都规规矩矩。老戴，如果感兴趣，欢迎你到那边，至少是主讲老师。"

戴宏伟憋屈死了，他才不想去伺候面前这位狡猾的笨蛋呢。

又过去一段时间，戴宏伟终于拼搏出了一处规模像样的店铺。开张那天，许多朋友到场祝贺，有位业内老同行向老戴建议："咱们市区南部有位常董、常校长，本名常又军，你想把事业做大，最好跟他接近，那才是咱这行的佼佼者。想结识他，哪天摆一桌，凭我这张老脸，他不好意思不给面子。"

戴宏伟一口菜噎住，好半天没缓过劲儿来！

迷恋电脑的男孩

身体没啥事

两年前,表弟开始打电话向我诉苦,说他爸年纪大了,有些病态,主要是狂想症。我听了很不高兴,儿女小时候不病态吗?老人能任劳任怨把儿女拉扯大,为什么儿女就不能容忍老人有点病态了呢?再说,他老爸,也就是我二舅还是个知识分子呢,解放前一年就当老师,证件上写的是离休呢。不高兴可我没说什么,毕竟各过各的日子。最近,表弟又来电话:"哥,您能不能来一趟?老爷子这回卧床不起,叨叨了好几回,说临死不见你一面,闭不上眼……"我大吃一惊,匆匆忙忙赶往邻省那个小城。

二舅见到我,神情一下子好多了。他拽住我的手不肯放开,要我表态:"小夏子你掏心窝子地告诉二舅,我比你差吗?"

我忙说二舅干了一辈子革命,我哪儿比得上呀。

二舅纠正,我不论革命啥的。咱论写作,我比你差吗?

小时候知道二舅在当地学校是有名的"活字典",可那毕竟只是一所学校，怎么就可能跟我这个发表上千万文字的相比？但我可不敢惹老人家伤心。我说："二舅，我只不过是运气好点。还您老人家功底深，生活厚。"

"说的是。"二舅挣扎着起床，拿过一个纸箱子，里面全是他的手稿，"好几箱呢。你看看，我写这么多，句句是实话，怎么就不能发表？当编辑的胡闹！"

我忙说是的是的。

"你给评一下，够不够发表水平？"二舅眼里流露出那种企盼的光。我想起了小时候，邻居闺女头上扎了个蝴蝶结，妹妹当时就这眼神儿。

我赶紧接过二舅的手稿，封面四个字，鲁快七律。"鲁快"是二舅的笔名。这是第43册了，第一首题目是《2008年4月1日》，诗云：

早上电话问老袁，您的生日怎样办？
近几天来真难受，今天还要去医院。
中午我又去城建，办理房子把表填。
小四电话请吃饭，我正办事没时间。

我的天，这叫什么诗，还七律？往下翻了几首，全这味儿！这时，二舅怕我不理解，一句句给我解释，又批评我："句句事实对不对？你发表的作品，我看过一些，言之无物。文艺为什么人服务？首先是人民大众喜欢，我们那些老干部都说好，怎么就不给发表？"

迷恋电脑的男孩

我忙说好好好,等我给推荐。

二舅笑了:"你小子无缘无故不可能那么红,我早知道你有门路。"老人家不躺了,晚上吃饭,还陪我喝了一小盅酒,谁劝也不中。他说近年来,努力写诗,一天有时候三五首,陆游写出一万首算什么,他可以写两万首!

表弟悄悄跟我说:"哥呀,我本来想请您来给他降降温,您不该鼓励他的,整天要出书,这可咋办?"

我说:"你们不能把个恶人让我做呀。假如能让老人家高兴,走的那天别留遗憾,儿女花点钱不为过吧?这样好不好,省城我认得人,花点钱,想办法,给二舅出一本吧。我和你姐弟四个均摊费用,一家三千块差不多,给出厚一点儿,少印。"

书稿带回省城。表弟的电话更频了,说是老爷子天天催书呢。我问,二舅身体咋样,表弟说,身体没啥事,光这脑子还不够受吗?

我批评道:"别这么说。让老人高兴,就是儿女孝顺的表现。"

很快,我就张罗把二舅的书印了出来。封面设计,内文编排,我找徒孙们做的,那是相当讲究。我出将近三千块,只留下一本作纪念,好歹有二舅的照片不是。剩下的全让表弟拉走了。

打那以后,表弟还是电话诉苦。说老爷子拿到书后,逼着他们找新华书店。新华书店能容纳这种书吗?没办法,他们只好挖空心思把书转移、强行送人,就说卖了,垫上钱给老爷子。二舅天天折腾他那些书,有一回吵着说少了一捆,咬定是表弟给偷卖了:"哥呀,瞧您这主意出的。我老婆,咱妹夫,都一肚子不高兴。"

我说:"就这样吧。老人家身体如何?"

"身体没啥事,就是……"

我对着电话吼了一声:"打住,别跟我说脑子的事!二舅快乐地活着,比什么都重要。老人家如果再有需求,我仍然责无旁贷,决不推脱。"三千块钱是我从稿费里瞒下的,我老伴根本不知道。

两年转瞬过去,二舅身体比从前更了好。怎么样,本人的主意不错吧,这心理安慰,什么灵丹妙药都比不上。主动跟表弟通电话,问老人家最近忙什么?表弟说:"老爷子最近又有些蔫,说是想你啦。"

想我了好办,我去。只当体验生活嘛,我也是退休的人啦。

二舅还是红光满面,我知道是我的功劳。老人家伸出一个手指头点着我:"小夏子,你这混小子。既然有门路,为啥不早告诉我,差点把你二舅憋死知道不?"

没想到我无功倒有了过。我慌不择词:"二舅,我不知道您那么有水平,所以……"

这一句奉承,总算把自己解脱出来。二舅笑了,我也长出一口气,难怪都说"老小孩"呀。只要您老人家高兴,我破点财,受点冤,都值,孝敬老人嘛。

二舅点点头:"实话。看来你共产党员没白当。小夏子,你说二舅这一生传奇不?"

二舅17岁就参加工作当老师,当过校长,打过右派,上午正教书,下午被勒令放猪……我说:"二舅,太传奇了。"

"你现在就起誓,你不是在说谎。"

我马上正襟危坐,举手起誓,以共产党员的名义,二舅的经历确实是传奇。

"那好。"二舅哈哈大笑,把一个纸包拍在床上,那是表弟给他"卖"书的全部收入。"我可有盼头了。二舅这些日子睡不着,把自己的经历回忆了一遍,足够编50集电视剧的,我明年就写完它。小夏子,这些钱全给你,你找人给拍了。再不够,我存折还有两万。"

我一下子忘记了我是不是还在呼吸。二舅,您老人家离休快30年,光忙着写什么七律,怎么就一点也不关心生活?这点钱别说拍戏,连个广告都不够。

我脑袋嗡嗡响,只听他老人家豪情满怀:"我身体没啥事……"

社会万花筒之中国好故事系列丛书

巧避匪患

旧社会，官府腐败，治安无能，关东山到处是拉杆子占山头的胡子（土匪），这些人都是心狠手辣的茬儿，撞上他们，不死必破财。至于什么"替天行道""杀富济贫"，都是骗人的幌子和抢劫的遮羞布，只因富人油水大，抢一顶百，他们当然要光顾啦；他们冒着风险抢来的财产，又怎么会拿得出去"济贫"？为了防匪患，有钱有势力的人家便修起高墙大院，筑起炮楼，出钱雇了炮手专门看家护院，这样，一般的小股胡子就不敢轻易冒犯有炮手的人家，目光改为盯上中小财主啦。

临江县城里有这么家小财主，姓吴。吴老当家的刚刚作了古，家政就扔给遗孀吴老太太料理。说是老太太，其实她年龄刚过30岁，小妾出身，大太太死后，才扶为正室。吴老夫妻留下3个儿子，老大老二已娶妻生子，年纪和庶母相仿，哪里把这位"母亲"放在眼里？怎奈老爷子临终前有嘱咐："你们哥仨那点本事，管不了这个家的，如果我死后有谁不听你姨娘的，我做鬼也绝不饶他！"兄弟们只好忍气吞声，巴不得看她管出点毛病，出乖露丑才好。眼见有势力的人家都修炮楼雇炮手，兄弟仨商量商量，就来上房见老太太："再不想办法，早晚怕胡子来找事儿。"

吴老太太道："炮楼修了，反而惹祸。想这方圆百里，胡子虽多，可城里这块地盘，让'钢牙'那伙给包下了。他势力大，50多条枪，咱即使修得起炮楼，雇得起炮手，跟那些富户比也还是软柿子，他打不着食儿，还不得冲咱们来？动起家伙来，就算伤他仨喽啰，惹红了眼，拼个鱼死网破，吃亏的还不是咱们呀。我既当了这个家，首要的是保护家属，又怎么能给你们惹祸招灾呢？"

"那照你这么说，咱家就得伸脖子等着人家来宰了？"

"各人该忙什么，就忙什么去吧。这管家理财的事，我自有章程。"吴老太太眼皮一耷拉，拿起了大烟袋。三兄弟讨了个没意思，讪讪地退出，议论道："她一个妇道人家，有什么见识，莫不是要坑咱们跟她受灾？大家盯住了她，别遇上事，让她拐了财物逃掉。"

再说吴老太太，她早将胡子头儿钢牙的习性打听得一清二楚。琢磨透了，她把家中一个靠得住的小伙计何三找来："三儿呀，我待你怎么样啊？""老太太怎么说这话，是不是三儿有哪些地方做错了？您老人家待我天高地厚，我这条命都是老太太您给的呢。"

"那好，你替我当半年胡子，就去投钢牙那山头。"

"这……"何三为难了。他在吴家,吃穿不愁,凭什么去当那千人恨万人骂的土匪?再者,那地方去不好要脑袋搬家,死都死不出个痛快来。

"你替我去,老太太亏待不了你就是。警察局那边我已给你关照好了,犯不了事;入伙的关节也都打通,你只要想法子把钢牙那胡子头的出身探听清楚,再记准他身上有什么跟旁人不同的记号——不要刀疤,只记胎记和痦子什么的。"

何三机灵无比,登时明白了主人的意图,收拾收拾,进山入伙去啦。七天后,捎下信儿来,钢牙收留了他。

吴老太太自从老爷子死后,心里最怕的就是匪患。她深知兵匪一家的现实,靠警察、宪兵根本顶不了事,就千方百计打听那匪首钢牙的出身,想出了一套主意。怕不稳妥,才又派何三混进胡子窝里核实一下。

过了一个月,何三再次捎来信儿,所说钢牙的情况基本跟老太太掌握的差不多,又把钢牙身上的特记详细说了。

这年八月十五,何三传来信息,钢牙亲自带喽啰进城,很有可能顺手牵羊,到吴家抢掠一番,因为他已与官方打好招呼,土匪这晚上遇不到警察。

吴老太太把全家30多口人丁召到一起:"今儿团圆节,钢牙可能光顾咱吴家。哪个也不得惊惶,只看我的眼色行事。"一家人围在大厅里喝酒,其实不过应付而已,哪个还喝得下去?

果然,夜里11点钟,没听到脚步声,却有人砸门。吴老太太说了声:"来啦。"使眼色让管家老蔡头开门去。并再

迷恋电脑的男孩

三叮嘱，不要害怕，只管放他们进来。

老蔡头是吴家最经多见广的仆人，他开了门，胡子们蜂拥而入。老头子按主母吩咐，高声嚷嚷道："江湖朋友，也不能这样无理呀……"这时，只听吴老太太一声脆喝："哪个兔崽子吃下虎胆熊心，敢闯老娘的宅府！"人随声到，月光下，众胡子就见一位模样俏丽的妇女气昂昂地迎上来，不由一呆。吴老太太也于月光下见众胡子簇拥着一个面目清秀的年轻人，心知必是钢牙无疑，未待对方发作，先自"哎呀"了一声，"你不是俺兄弟小栓子吗，姐姐以为今生见不到了，怎么你流落到绿林行里来啦，可想死姐姐了！"

钢牙也是一愣。原来他乳名就叫小栓子，原本是山沟里生人，赶上闹匪患，爹娘被杀，姐姐也不知去向。小栓子只好流浪街头，边乞讨边打听姐姐下落。姐姐音信杳无，为了吃饭，他也就当了土匪，后来熬成了山大王。先见吴老太太怒气冲冲骂将出来，先自有些佩服："这娘们儿倒有几分勇气。"又听说是他姐姐，心里话，有这么个姐姐才不污了我的名声。然而心里一再告诫自己，当心，别让她骗了。就冷着脸不作声。吴老太太心中有数，假装问"弟弟"："你家掌柜的是哪位，姐姐出钱求他赏咱们个团聚吧。"说着，搂住钢牙就放声大哭，哭得情真意切。

土匪们每闯民宅，面对的都是磕头求饶的主儿，哪见过吴老太太这样大胆的女人？待到她哭着喊钢牙为"小弟"，钢牙就有些心动：她原来不知我是谁，备不住真是我失散的姐姐。就说："你真是我姐姐吗？那好，我进去看看家。"

说着要往里进。

"慢。"吴老太太伸手拦住,"看模样像我兄弟,可我还不能冒失认下,这么多年的事儿啦——你先把衣裳撩开,让我瞅瞅你左胳肢窝下。"冲在一边发抖的管家吩咐:"你拿灯盏来。我家小栓子左胳肢窝那块有个朱砂色的猫爪子胎记……"话未说完,钢牙就失声叫道:"姐,您真是俺的姐,您看……"

其实吴老太太所派去的何三,聪明伶俐,比起山上的喽啰们,那肯定更讨钢牙的欢心,这就得到了给钢牙洗澡的机会。看到这块胎记,他表面不动声色,暗地里却告诉了吴老太太。钢牙如何知道这些,只以为真是亲姐姐呢。这边吴老太听钢牙认她作"姐"啦,她欲擒故纵,仍然装作不信的样子:"我得验看了再说。"管家取了罩子灯来,钢牙乖乖地撸开衣裳让她看。吴老太太却不急于相认,看得极细,良久,才说:"果然是小栓子。快把衣裳穿好,夜里风凉。"又问众匪徒:"咱们的掌柜的是哪位,卖个人情,让俺姐弟俩热乎热乎。"

喽啰们没有钢牙的吩咐,哪个敢随便吭声?钢牙把手往后一挥:"我先看看去,都在这儿守着。"搀了"姐姐",径去大厅。一家饮酒的早吓得人影皆无,各自回房中哆嗦去了。吴老太太拉过两把太师椅,让钢牙坐在她身边,左瞅右看,欢喜得闭不上嘴,说了好多体己话,又道:"你看,孩儿们还没见过舅舅呢。"便高声向屋里高喊三个儿子的小名:"你们都出来给舅舅磕头!"

迷恋电脑的男孩

钢牙这回可真的进入了舅舅的角色。他朝外面喊了声："把今儿发的利市（抢掠的财物）全留下，给外甥们做见面礼。"又道："姐，我久在这儿于你不利，改日再来看你呗。"一拱手，领胡子们悄然撤去。吴老太太假装吃惊："兄弟，你在山里还管点事儿呀？"钢牙只是笑笑。

一场惊吓，就让吴老太太轻易化解。三个儿子、两个儿媳都吓得屎尿屙在裤子里。吴老太太看了他们的狼狈相，淡淡地说："怪道恁爹说你们不立事，真是知子莫如父呀。"

打那以后，钢牙时常轻装简从，入城来看"姐姐"。每次都留下很丰厚的礼物。吴老太太除了嘱咐"兄弟"小心之外，事后吩咐管家，礼物登记封存，不得乱动。儿子、儿媳不解："他给的，又不是咱们要的，收下碍什么事啦？"

吴老太太严肃地说："我为全家老少免灾，不得不认匪为弟，真是人生之大羞。但你们听着：做人不得贪财，尤其是不义之财。哪个贪财好利，男则容易为盗，女则容易为娼。"说得晚辈们心服口服。

这年春节，吴家老大领头，率全家给吴老太太拜寿，不但磕了头，还实心实意地喊了"娘"。

转眼树叶子"关门"，关东胡子又活跃起来。钢牙再次率喽啰们进城抢掠，想给姐姐留下点钱财，却见院子冷冷落落，只老管家一人守望。说是老太太已领着全家搬走，光留下一封信给钢牙，信中劝他见好就收，不要在匪行里陷得太深，所赠财物，分文不取，请钢牙验收；还说，"姐姐只缺个安分守己的弟弟"。

钢牙叹了口气："姐姐准是嫌我坏了她的名声，才避我而去。我今后只能在心里求老天爷保佑她就是了。"在吴家空院里呆立了好半天。

　　然而钢牙毕竟匪性难改，并没听吴老太太的话。到底落在了警察手里。临枪决前，问他有什么话留下，他还说："这辈子顶伤心的是，没跟姐姐最后道个别……"

迷恋电脑的男孩

老家贼斗小家雀

跟小家雀叫板

老花痴姜介林最近遇上了一桩大伤脑筋的事,他的宝贝闺女雅凤恋爱了。女大当嫁,有了男朋友,当爹的应当高兴才是,然而,天底下的男人多着去了,考虑哪个不成,这丫头偏偏看上他死对头赵老妖的孙子赵明亮。二十年前,姜介林还当着工人呢,为分房子的事跟同事赵老妖结了仇,至今俩人在大道上遇见,相互扭头绕开走,如今他不但要把闺女嫁到人家,自己还比赵老妖矮了一辈,那滋味真是王八掉进灶坑里——憋(鳖)气又窝火!

老姜把雅凤叫到跟前:"丫头,你爸不惑之年才生了你,期间多少辛苦你晓得吗。没想到你在婚姻大事上给我跳了一步高吊马,让我无法出门啦。咱丑话说在前面,婚事你完全可以自作主张,但爸不同意。"

雅凤说："我知道你跟他爷爷有过不愉快。可那事过去多少年了，多大点事，能比得上日本人侵略中国仇恨大吗，中日都友好了呢。爸，您大度些，再说，我俩也就初级阶段，成不成，两说着呢。"

这一句，老姜头更是心里酸得不行，听听，都"我俩"了！老头子气得扔下一句"你酌量着办"，摔门出去，到花窖子看他的花去了。

姜介林退休后不爱跳舞，讨厌打麻将，却喜欢种花。他在自家的平房前搭了个花窖，种出好多花卉，拿到市场上出售，既陶冶情操，又可以赚钱滋润生活。由于他没事就像长在了花窖里，老伴便给他起了个"老花痴"的雅号。昨天跟女儿闹得不愉快，他吃完早饭，更是站在花窖里发呆。

这时候，花窖的门悄悄开了，咳嗽一声，一位人模人样的后生出现在门口。谁，就是惦记他宝贝闺女的赵明亮。"姜爷……姜伯伯好！"

听听，这小子叫惯了姜爷爷，这回擅自改称伯伯了。见孩子一脸谄媚讨好的样子，姜介林伸手不打笑面人啊，只好拿鼻子哼了一声："有事啊？"

"伯伯，我跟您老人家商量……不，是汇报。"看着赵明亮斟字酌句的样子，老姜刚有些心软，但他立刻叮嘱自己，要提防糖衣炮弹，于是，脸依然绷着："说！"

"伯伯，我跟雅凤志趣相投……"

"志趣相投找她去呀，跑我这儿汇报干什么？"姜介林冷笑道，"莫非你跟我也要志趣相投？那好，看见我这一窖花了吗,你照样子弄一个我看看。"

老姜以为这一句还不把对方镇住?没想到这小子胆比天大:"伯伯,您这花长得挺旺盛,可是品种差了点。有道是,在哪行,看哪行,要发展地看问题……"

话没说完,就让老姜头给堵了回去:"是骡子是马,得拉出来遛遛不是?想打我闺女的主意,至少得先跟我这老丈人有共同语言吧?你弄出我这样的花,就算及格。"

赵明亮哼哧了半天:"好,伯伯,这话可是您说的?"

"怎么,你想要我立据为证吗?"

"晚辈不敢。"赵明亮深深一躬,"请允许我先试试再说。"

反不了你

不用说,这闺女大了,胳膊肘外拐,跑不掉是雅凤把信息传递过去了,不然,赵明亮怎么会找上门来求婚?不过,这一仗胜得出乎意料,小子中了老汉的圈套。你想啊,他老姜是谁,这一片社区的老花神。小子既然说了试试,那么他如果试不成,只能蔫退。姜介林回到家,对老伴,更是说给闺女听的:"哼,想跟我过招呢,姜,还是老的辣。这一仗,小兔崽子不投降,就叫他灭亡。"

打那以后,姜老汉冷眼观看,雅凤该工作工作,该回家回家,闭口不谈"赵明亮"仨字;那姓赵的更是没了踪影。姜介林好不得意,哼,小家雀还想斗老家贼?我吃过的盐比你吃过的米都多!

哪知道过了俩月,赵明亮居然再次找上门来,纸箱子里拿出一盆生机盎然的花:"伯伯,您看,我这花的品种比您的要优秀……"

老花痴偷眼一看,心里不禁哆嗦了一下。这盆花粗看,跟他老姜培养的"螃蟹爪子"酷似,但不得不承认,人家的花长相高贵,盆也讲究,这所谓好马配好鞍呀。但他老姜是谁,再花痴,在大是大非面前绝不含糊,他假装不正眼去瞧那花,嘴里淡淡地说:"你去哪儿买的?"

"伯伯,怎么会是买的呢?"赵明亮哪壶不开提哪壶,"咱爷俩不是有约在先嘛,我去南方引进后,自己培育的。花窖里多的是,送一盆来,请您给点评点评。"

"我没空。"老花痴强制着自己,那花已看过一眼了,再多瞅一眼,就是输了品格,"你自己给它打打分吧。"

"伯伯,论经验,我当您的学生也还差得远。"赵明亮说,"但是我仰仗科技的帮助,去网络上学习的。您这花我知道,开春5元钱一盆;而我这花,30元一盆没问题。"

一句话把老花痴惹起了脾气:"胡说八道!你那花是花,我这难道是豆腐渣?"

"伯父息怒。"那小子语调慢吞吞地气人,"您培养这花,是当地土产,俗称'螃蟹爪子',其实应当叫'仙人指甲';而我这盆花,是南方有名的'蟹爪兰',无论品相和培育难度都大不一样。有道是人离乡贱,物离乡贵,您看同样是杏仁,老美产的跟咱当地的比……"

"说那些臭氧层子有什么用。"老汉打断小伙子的夸夸其谈,"你说准了啊,30块一盆,听口气你没少折腾呀,那开春咱市场上见。"

"好的。"小伙子转身就走。

姜介林见他那盆花丢在花窖里呢,真想留下研究研究它到底怎么个高贵法,然而,这涉及闺女的终身大事呢,岂能如此不顾尊严?他厉声吩咐:"请你带走它,明年市场上见。"

望着小伙子狠狈离开的背影,老姜头用鼻音说了句:"小兔崽子,反了你呢。"

姜是老的辣

转眼到了春暖花开,小城唯一的花鸟市场热闹起来。老姜从自己花窖里挑出一批花儿,推到市场,占下东端一个好位置,告诉老伴:"君子做事,不能出尔反尔,这花说好了,5元一盆,不得涨价。"

老花痴这命令看似公正,其实,他有自己的主意呢。小子哎,你不是吹牛要卖30元一盆吗,我这有5元的,谁买你的!茶盘扎猛子,不知深浅,敢跟我老家贼叫板,岂不是自找难看?

安排好老伴,老姜头戴上一副墨镜,夹在人流中沿着花鸟市场往西走。走到尽头,看见了,赵明亮果然出了摊,小平板车上摆放着十几盆所谓的名贵花,前面悬一牌子:正宗南国蟹爪兰，每盆30元，一口价。

哎哟，这小子别说，还有点像个男子汉。姜介林正想着，就见平板车前停住了好几位，像观看怪物似的。一位中年男子瞪着那牌子说："故弄玄虚。这花是人参还是洋酒，分什么正宗不正宗，无非是净化空气，美化环境，哪个还会把它当股票炒，期望它增值吗？"

一位少妇也跟着溜缝儿："这花盆是比较高档些，但市场东头有只卖5元的。"

小伙子笑着说："叔叔，姐姐们看仔细了，这一分钱，一分货……"话没说完，就让另一位给堵了回去："一盆顶六盆贵了。你这花看一眼能长生不老吗？"

老花痴在一旁听得那份舒坦哟，小子，群众的眼睛是雪亮的，任你花言巧语，架不住没人买账。

姜老汉一天过去看了五六趟足有，那小子的花他牢记着呢，早上几盆，晚上还是几盆。他不由得幸灾乐祸，都说不赚钱赚吆喝，你这还白搭管理费呢。就冲这份智商，我闺女要嫁你，我老姜头摸电闸去！

回到家，见雅凤阴着个脸，老花痴心中暗笑，丫头，心疼了？别怪老爹心硬，虎毒不食子，老爹这完全是为你的将来把关呢。

这工夫，老伴没等他帮忙，自己乐呵呵地把车子推了回来。一看，嘿，车上的花卖光了。老伴说，大家日子一天天舒坦，都讲究起花草来了，傍晚最后剩下5盆，让姓赵的那小子给包了去。

迷恋电脑的男孩

姜介林指着闺女哈哈大笑:"瞅瞅你这眼神儿。左挑右拣,选了颗猪头一只眼。自家还不知找谁哭去,反过来帮助你妈销货。就这点小恩小惠,它管用吗?"

雅凤气得直跺脚:"爸呀,您哪那么多'疙瘩话'呀。明亮花钱,咱给花,这是公平买卖。咱不拿那种心态看人好不好?"

"哎哟,丫头,八字没一撇呢,你可不能站错了队呀。"

爷俩又是吵了个不愉快。老花痴没往心里去,哼,胜王败寇,看谁笑在最后。你小子输了这盘棋,今后我还是姜爷爷,想提一辈朝我叫爹,门都没有!

就这样,老花痴放下了心。姜还是老的辣。你小子折腾去吧,看你最后如何向我交待。

谁让我是当爹的

这天,姜介林帮老伴送完小车,找朋友喝酒去了。正喝到高兴处,另一位迟到的酒友敲门,手里还提着一盆花。老花痴的眼睛立刻直了:"你这花哪买的?"

"花鸟市场啊,30块一盆。"朋友说,"你是摆弄这个的,还会不掌握行情吗?"

"怎么,让那小子忽悠出去一盆。"老花痴喃喃自语。

朋友不依了:"什么叫忽悠。人家顾客多的是。老伙计,不明白了吧,这叫蟹爪兰,上档次的……"

往下的知识讲座,老姜头压根没听进去。这还没过半月呢，难道是乾坤倒转，那小子发动了政变，真的假的？老花痴这顿酒啊，一点儿没喝出滋味来。好歹应付完，他出门就戴上墨镜，直奔市场。

远远地望去，许多人围住赵明亮的花摊，听那小子瞎说。再走近，老花痴傻了，只见那小子把花盆往里挪了一点，边上摆着两盆他老汉培育的"蟹爪子"，也挂了牌子，写道：当地土产"螃蟹爪子"，又名"仙人指甲"，5元一盆，多购少算。

我的老天！老花痴登时感觉肚里的那点酒要往嗓眼处拱，这小子是高。没承想，他买我家的花，是拿来做陪衬的！难怪老伴说近来花卖得一天不如一天，这是让人贬低了！他想忍气吞声，心里不舒服；他要跳脚蹦高，找不出理由！老花痴担心被人认出来，灰溜溜地离开了市场。

一进门，老伴和闺女正说悄悄话呢，见他进来，老伴立刻转移了话题："老东西，我这辈子就欣赏你为人耿直正派。跟小赵这场较量，咱认输了吧。孩子聪明是好事，瞧你那一脸官司，分明是心胸狭窄。"

"心胸狭窄什么话。"老姜头大脑够灵活，他一下子认清了形势，这娘俩才是瞒着他搞了政变，没准是就暗度陈仓，跟那小子结成统一阵线，把他一块老姜晾在了菜板上！

姜雅凤吃吃地笑："老爸呀，人家小赵没跟您较真儿。他想建议您换换品种，担心挨骂，所以，搞了这点小把戏，他让我向您老人家道歉呢。您看看，那些茅台，是卖花的收入，剩下的，只要您恩准，明天全招安到咱家的花窖来……"

迷恋电脑的男孩

什么，小把戏？

老伴哈哈大笑，说这"口供"也是她才从闺女嘴里挤出来的。小赵那小子太有战略眼光了，知道老爷子喜欢摆弄花卉，高考志愿就填报的园艺专业，如今是市园林处的技师。陪老爷子练这阵手艺，那是人家把休假期攒到了一块儿……

老花痴愣了半天，忍俊不禁："好你个姜雅凤，初级阶段就帮着外姓人耍戏你爹，我这老家贼能斗过你们一群小家雀吗……我想起来了，当年你姥家母鸡下个蛋，你妈都偷出来给我烧了吃……原来这丫头随根儿，遗传！"

"爸……"

"行了，明天你通知他来吃饭。还那话呀，将来就是成了，那赵老妖我啥也不称呼。"

老伴提醒老花痴："你说过，小兔崽子不投降，——怎么来着？"

姜老汉狠狠瞪了老伴一眼："他不投降，我投降呗。谁让我是当爹的！"

社会万花筒之中国好故事系列丛书

无法推广的经验

　　为了提升城市的品位，一夜之间，省城所有公厕免费开放。这一举措让这座城市的公民感到了优越和自豪：瞧我们这儿，上厕所不收费。卫生搞好了，文明程度自然也就上去了。面对这可喜的成果，市政府领导号召，要进一步巩固，不能让树立城市形象的战略决策功亏一篑。于是，主管部门的领导当即做出决定，索性搞一次全市公厕大检查。

　　这一查果然就查出了许多问题，许多管理公共厕所的员工不负责任，厕所卫生质量不好，设备严重损坏。相关人员根据过失大小，都受到不同程度的处罚。检查团发现，位于动植物园正门以东的573号公厕极度反常：这里游客流量大，用水多是必然的，可是，查他们的用水记录，只相当于同类公厕用水的六分之一。

　　这就怪了，是水表出了毛病？检查团当场放水测试，没发现异常啊。这公厕用水均由公家买单，不用管理人员操心，如果特意在水表上做手脚，这个人除非有病……而用水反常是铁的事实，这里头究竟会有什么猫腻呢？

573号公厕引起了检查团的关注，有位蔺副团长发狠非要搞个水落石出不可。几天下来，他一直在公厕附近观察，还偶尔进去抽查过几次。蔺副团长发现，厕所内很清洁，并且，许多如过厕的人，都对这处公厕反映极佳。因为市区规定，早5时、晚8时为公厕开放时间，该公厕非但没有过早锁门和过迟开门的现象，相反，这里甚至通宵达旦地开着，这一举措给许多夜行人提供了方便，同时也一定程度维护了市区的环境卫生。

再深一步了解，蔺副团长得知，公厕的管理人来自山区，无家可归，日夜以厕为家，所以才有这样的现象。副团长恍然大悟，谜底揭开了：山区人贪小便宜，一家人吃住在公厕内，生活用水只能占公家便宜，这就违反了"公厕管理条例"中"管理人员严禁在公厕内接水、接电、淘菜、洗衣"的规定。这家人不知道生活用水在这样规模的公厕中占比例极小，他担心事情暴露，就隔三岔五想办法让水表停转，没想到做过了头，这才叫欲盖弥彰。

也就在这时候，一些受过处分的同行也纷纷打电话，揭露573号公厕管理员变相贪污的行径。蔺副团长向有关领导请示后，决定正面接触一下那个管理员工，把事情搞清楚公布于众，达到杀一儆百的效果。

看厕所的是一位独臂老汉，与他共同参管的是他的老伴，一位腿脚不太好的老太太。蔺副团长进去时，老两口正收拾卫生，得知来访的是副团长，老两口连激动带恐慌，不知如何是好了。

蔺副团长冷眼扫视了一番，573号公厕位置特殊，水表的铅封处都长了水锈，没有做过手脚的痕迹，如果想"省水"，只能把地面掘开，绕过水表接水管盗水，可现在地面封闭严密，根本不可能达到盗水目的，这到底是怎么回事？

蔺副团长灵机一动，问道："老人家，厕所让您管理得差不多一尘不染了，尤其难能可贵的是为国家节省了大量的水。您能跟我说说经验吗？"他这一招确实高明：我不说调查你作弊，取经总可以了吧，这样，势必将老汉逼到死角上，你不说出个理由来，我就接着问。

听到这话，独臂老汉的脸腾地就红了，他支支吾吾地承认，老两口都在这儿用水，沾了国家的便宜，良心上过不去呀，所以就千方百计为公家节省了一点水作为回报。就这。

怎么样，招了吧。蔺副团长步步紧逼："老师傅，实话告诉您，我就是专为这节水的事来的，您千万不能保守，假如您的经验推广开来，那意义相当深远，我一定要给您请功，申请奖励。"蔺副团长成竹在胸，话说到这份儿啦，看你老汉如何答对吧。

"千万不要，千万不要。"果然，那老汉此刻已紧张得白了脸，"是不是我一定要多用些水，才符合咱们的规定呀？如果那样，我照做就是了，求您不要刨根问底了。"

蔺副团长忍无可忍，他拉下脸来："您这叫什么话，谁让您多用水啦？我今天就要刨根问底，您是怎么偷的水，如实

迷恋电脑的男孩

坦白，我会念在您年老体残的份儿上，不予追究就是了。"

"我拿我的人格做担保，绝对不是偷水。我是用一种特殊方法实实在在地节省了水。"老汉急得脖子上青筋暴跳，"我撒半句谎，您马上把我行李扔大道上，我跟老伴立马走人。"

真是有节水诀窍呀。蔺副团长见老汉不像说谎的样子，不由得心里一阵狂喜，一个公厕，每年节省数百吨水，照这样推广开来，拥有数千公厕的省城乃至整个国家该节省多少水呀？不行，得问清楚。蔺副团长说："我这代表组织求您老人家了，中国是水资源奇缺的国家，您一定得把诀窍说出来，否则，真有一天您老人家百年了，这秘诀失了传，那损失才叫无法估量。"

"唉，领导呀。"老汉眼泪刷的下来了，"您要是照顾我可怜我，就别逼问了。否则，传出去，我就成了全省可能是全国同行的攻击对象，我怎么受得了哇。"

蔺副团长莫名其妙，何等严重的事，会有如此后果？于是向老汉承诺，您节省了水，肯定要表彰奖励的。只要您把经验说出来，我们经研究，如果觉得应当保密，就给您保密，不会影响表彰奖励。

"我可是经常故意破坏公物。"老汉语出惊人。

什么？破坏公物跟节水有什么关系？

老汉说，他和老伴长在山区，近几年实在种不动地了，就到省城拾荒为生。他们一个腿脚不行，一个只有单臂，尽管起早贪黑，也还是抢不过同行，那日子可想而知。感谢社区领导关怀，给介绍了这么好的工作，连住房都有了，

133

冬天还供暖气呢，老两口真像掉进了福坑里。可没做多久，老两口吃不香睡不宁了。这公厕用水太浪费了，撒泡尿，一按钮儿，放掉的水超过尿水好几倍，有时赶上那脚踏式龙头被卡住，水就不间断地流……老汉仔细观察，到底想出了节水办法。这个城市几年前号召淘汰腌酸菜的缸，以减少楼道污染，老汉廉价购到了两只废缸放到角落里，事先放满水，又关掉水闸，造成停水的假象。如完厕的人一踏那个水龙头，见没水，大多扬长而去，老汉坐在门口默默数着，每过十几位，他抽空进去，拿瓢舀着水小心地冲，拿笤帚仔细地刷……"我看到有些住户为了省水费，也是这样冲刷自家的厕所，照样很干净。这个厕所有时候一小时几百号人进出，我和老伴就当锻炼了，不闲着洗刷，这样自然就省下了水。"老汉还说，看到检查团和蔺副团长到来，他不动声色地把水闸放开，任何人也休想破解这节水之谜。

原来是这样。

"这样做，您老两口付出得就太多了。"蔺副团长突然觉得无比难受，一双年过花甲的老人，并且身有残疾呀。

老汉说应该应该，他俩原住的那个山区，严重缺水，常常一担水用两三天，冬天只能化雪水食用。"看到这么清的水白白淌掉，心疼啊。有时我也瞎想，要是所有的厕所都照我这样收拾，咱国家的水是不是可以多使唤好些年，咱们的子孙就不必像当年我家乡那么受水的气啦。可要是都像我这么做，谁还肯来干这个活呢？"

"我不但给您保密。还要帮您申请奖励。"

"不求奖励呀，领导。我俩愿意挨累。活越累，就不必担心这工作让有门路的给撬了去呀。"

蔺副团长紧握住老汉的手，好半天没说话。

年终，独臂老汉获得了一笔奖金。

奖是奖了，但他的经验没法推广。省城的公厕原先收费那时，收入相当丰厚，承包者都是有头有脸人的亲朋；实行了免费政策，那些人一见没油水可捞，一夜之间全换了管理人员，像老汉这样的无业弱者才捡到这份工作……然而，正如老汉自己所说的那样，假如拿老汉的经验说事，往后管公厕这活只怕都是没人接手了！

谢不着的老骗子

　　祝犹芬秀外慧中，是个非常优秀的女孩，大学毕业，被聘入某企业就职，忙忙碌碌几年下来，冷不丁发现，由于自己心高气傲，已经陆续淘汰过10多任男朋友，这样下去，还真就把婚事给误了。犹芬嘴上咬得硬，心里却有些后悔，细品起来从前被她蹬掉的，其中就有不错的呀，咋说蹬就给蹬了呢？父母责骂，亲戚着急，于是祝犹芬暗暗警告自己，不能过分自我感觉良好，要降低标准。她大年夜被逼着搬过荤油坛子，说是借动荤（婚）的吉利；四月十八去娘娘庙里许过愿……然而越急越没辙。尽管许多热心的同事、朋友前赴后继地做她的介绍人，可领到她面前的，一个比一个差，差到超出了她的底线。祝犹芬好不烦恼，常常赌气，这辈子独身算了！

　　昨天，老妈从乡下找她来了。老妈说："丫头，你差不多找一个算了，只当给我和你爸争口气。""我不嫁人才给

迷恋电脑的男孩

你们争气,这是响应国家晚婚号召。""拉倒吧,啥号召,人国家号召你独身了?你知道你爸让人咋羞辱的吗?咱村老张家那闺女,今年才18虚岁,已经处过三次对象,认识没几天,就睡到一块。你爸也是嘴贱,说老张你那闺女这年纪恋爱,太早了点儿。你知道老张回了句什么,他说早了比嫁不出去强呀,大伙都怀疑你闺女有啥问题呢。你爸觉得当你面张不开嘴,这才打发我来催催。"

送走老妈,犹芬气得嘴唇发青,她不嫁人碍着哪个了,这么嚼舌头。百无聊赖地往回走,恰巧遇上了几年不见的老同学柳菊领着孩子玩。柳菊得知她至今"没主儿",无论如何不理解:"就你这条件,至少比我得高出两个百分点,咋回事呢?算一卦得了。我当年就是找人算过的,说男方在板石铁矿,果然就嫁到了那里。人家还有办法破解呢,备不住你犯了什么忌讳,一破解,你就等着入洞房吧。"祝犹芬嘴上犟着不信不信,然而等柳菊走得不见影了,她做贼似的拐到邮局附近,见路边一位留长胡子的老汉,守着个悬有神机妙算的卦摊打盹儿,便在他面前蹲了下来。

"姑娘脸上带着事呢。"那老汉确实厉害,"你是求婚姻……"哎哟,他怎么一言中的!祝犹芬立即点头:"老先生,对极了。"犹芬按照卦先生的要求报上生日时辰后,老汉摇摇头:"你不是真正意义上的不动婚,给你介绍的老鼻子啦,不成的原因全在你,你人优秀,挑拣得厉害啊。"

句句说到点子上,果然不愧是神机妙算!祝犹芬赞不绝口,掏出一张50元的票子:"老神仙,您帮帮忙。"

"这个嘛，小菜一碟。"老汉眯起眼睛片刻，问，"把你手机号码说我听听？"听祝犹芬一说，老汉立即一拍膝盖："就这号码不对劲，你赶紧换张卡，那就离动婚不远了。"

换张卡费不了多少事。祝犹芬站起身，发现不远处就有个书报亭卖电话卡，她选了一个号，把号码换了。回到单位，碰上领导，说："小祝你哪去了，我到处找不到，打电话你还关机。"祝犹芬回答："我换卡了。"领导让她立即跟随出差，她匆忙准备了一下，就去了外地。

这一去就是五天。祝犹芬从外地回来，一到单位，同事们就争先恐后质问她："这几天办公室找你的电话都打疯了，你手机怎么不开？赶紧请客慰劳代你记电话的！"祝犹芬一看记下的号码，全是她好友、同学……打过去，遭到对方一顿痛斥，人家给介绍男朋友了，这个税务的，那个法院的，还有财政局……全是好单位，可找来找去，不见犹芬的影儿，得，搞得对方特别尴尬。

一个大学毕业生，哪好意思承认算卦的事儿，小祝就瞎编，说是电话丢了，求对方再给撮合撮合。结果反馈回来，差不多都是跟机缘擦肩而过，人家"名草有主"了！同学、好友千篇一律地替她惋惜，说哎呀那男生有多优秀多帅气，你说你早不丢晚不丢，咋偏偏这时丢电话，你还能干点什么你！

尽管有冷静的朋友劝慰祝犹芬，告诉她，介绍人的话别太当真，世俗之交，都是人病死后就蹦出好医生来，分明

迷恋电脑的男孩

是送后悔药给你吃,他们落空头人情呢。仔细想想,会有那么多优秀男孩供你选择,并且都赶在了你出差这三五天里?虽是这么劝,可祝犹芬仍然痛断肝肠。她流够了眼泪,仔细分析,就恨自己轻信那算卦骗子的一派胡言,若不是换手机卡……可老汉怎么就扯到手机号码上了呢?小祝猛然回过味儿来,书报亭那个卖卡女人长得跟老汉相像,一定是他女儿。狡猾的老骗子原来是借算卦之机,替他闺女当托儿!

祝犹芬马上到派出所报案,问老汉公开摆摊,搞封建迷信诈骗,你们管不管呀?派出所的警察乐了:"小姐,咱市区一位警察把枪给丢了,全城忙着掘地三尺,十多天了还没找到呢。你没见满街都是卦摊吗,他们哪个若是抢银行,我们马上就出警。要不你找城管试试?"

既然警察不管,祝犹芬不甘心吃这个哑巴亏,决定自己讨说法。她煞费苦心地策划了一整套方案,一定要当众揭穿老骗子的伎俩,即使补不回痛失白马王子的遗憾,那也算为民除害,让他今后再骗不成人。万无一失地想好步骤,祝犹芬再次站到了卦摊前。

那老汉早忘记祝犹芬是谁了。又揽生意了:"姑娘,你是求财还是问婚姻……"原来这老头儿根据对方的年龄、打扮画圈儿推测,这年龄段的女性,当然多数问这个。祝犹芬假装万分委屈,报上了自己的生辰八字,说好几个男性对她纠缠不休,问如何才能摆脱。

不出小祝所料,老汉东扯西扯,又扯到了手机号码上。听犹芬说了现在这个号码,那老汉迫不及待地断言:"就这号码犯病,你赶快换个号,事情立即明朗一多半。如果你信得着,我还可以帮你破解,只要500元。"

祝犹芬那个气呀,老东西,你也太黑了些,卖一个电话卡,让我憋了几天气,耽误我的青春,该当何罪,看本姑娘如何惩治你!祝犹芬咬着一半牙齿说日语,故意往含糊了说,老汉以为要求他解决什么,就把耳朵凑到了犹芬嘴边……

等的就是这效果!祝犹芬选准时机,抬手一巴掌结实地甩在老汉脸上,同时她夸张地发出尖叫:"老流氓!"

这一嗓子,马路边很快围过来一大帮看热闹的人,那个卖卡女人也颠颠地跑过来,责问祝犹芬为什么打她爸?祝犹芬一边用纸巾夸张恶心地擦着腮部,一边指着那被打懵了的老汉:"你让他自己说!"说着伸手去揪老骗子,要去派出所。

老汉怎么也没算出来祝犹芬是蓄意报复,委屈得直掉眼泪:"姑娘,我真不知道你为什么打我。"这时,围观的有许多年轻人,起哄般地叫起来,说这老头儿白活了那么大岁数,还竟敢轻薄人家这么年轻的女孩,就应当抓起来。把老汉羞得收拾起卦摊,在卖卡女人的掩护下挤出人群,仓皇逃窜,小马扎也忘在了那里……

此后,不但再没见那老骗子的影儿,连附近几个摆摊的也消失得无影无踪。

祝犹芬好歹出了一口恶气。这天,本市搞"矿泉节"庆典,祝犹芬去观看演出,路上碰到一位挺帅气的小伙子,笑眯

迷恋电脑的男孩

眯地瞅得她心慌意乱。经对方自我介绍,才知道也是本市的一位"大龄",那天犹芬严惩老骗子时,小伙子恰巧在场,看得激情澎湃。敢情这小伙子的母亲也是着急一族,她也求那老汉给儿子算过卦,问什么时候能找到媳妇。这老骗子张口就说小伙子近期有血光之灾,吓得他母亲差点撞墙,最后被老骗子以代为禳解为借口,骗去了800元。小伙子知道了实情,怒冲冲要来讨说法,却见那老汉年纪太大,担心让他讹着而不敢轻易向前……还是犹芬这主意好!于是,小伙子请犹芬吃饭。一来二去,两人才知道,彼此志趣如此相投!

转过年来,祝犹芬与小伙子喜结良缘。婚后幸福之余,两人还都说,不教训那位老骗子,险些错过这好姻缘。早知道如此,谢还来不及呢,打人那一耳光实在有些过分。遗憾的是不知道那老人家去了哪里,如不当面道个歉,这辈子心里总堵着点什么。

这一天,犹芬挎着丈夫胳膊去火车站办事,突然就发现树底下蹲着一个人,那正是他俩的红娘,被屈打过一耳光的老卦先生,当初让犹芬一闹,转移到这边来了。

祝犹芬既惊又喜,她松开丈夫的手,快步直奔算卦先生。那老汉一抬头,脸色陡变,东西也顾不得收拾,拔腿就逃。原来,那一耳光让他牢牢记住了犹芬的模样!

望着老汉的背影,祝犹芬哭笑不得,我这次是真心找您赔礼加道歉的,最少有两百元红包献上,您老人家神机妙算,咋就算不明白今天有财要发呢?

社会万花筒之中国好故事系列丛书

刀和刀把儿

　　小外孙成了章副局长一块烫手的山芋。

　　女婿不幸遭遇车祸死亡，女儿嫁到了国外，小外孙暂时不能带去，章副局长老两口巴不得哄外孙玩，理所当然地留了这小东西。然而，两口子争着抢着地疼，把小家伙惯得无法无天，这不，刚才姥姥惹得他发脾气，居然要拧开煤气，把房子点着！老两口气得嘴唇发青，还得低声下气地哄他开心。哪天他不高兴了，这小东西可是什么事都能做得出！

　　正发愁呢，乡下表嫂登门。表嫂是家穷亲戚，这回带来许多礼物，肯定是有事相求。老两口便不约而同地诉说起了带外孙的苦处，这样诉说，就达到了转移话题，让客人有事也难以启齿。章副局长说："我在公安局干到快退休了，再咬牙的嫌疑犯见了我都打哆嗦，想不到让这5岁的娃娃给治住了。"章副局长说，这小子真是个混世魔王，他睡起懒觉来，谁影响了他，他就咬谁，你说遇到急事，又不敢把他自

迷恋电脑的男孩

已放在家里,这却如何是好?现在这小子胖得快到九十斤,早超标了,还是顿顿吃肉,没肉就绝食,将来胖成傻子怎么办?更要命的是稍有不顺,不管干净肮脏便躺在地上打滚,直到你答应他的条件为止。原以为送到幼儿园管教一下兴许会好,可送去一天没到黑,人家管不了,又给送了回来……

"表嫂你给评评,我们家到底谁是孙子!"

刚才外孙的那番表演,表嫂吧也看到了尾声。她叹气道:"老话说,儿要穷养呢。这孩子还不是让你们惯坏了,就像小树苗,必须打小治理,越大越难治。"

章副局长心里话,我整天对下属说这些道理,还用得着你启发?可手中还捧着烫手山芋呢,只能哼哈应对。又听表嫂说,这叫自己的刀削不了自己的把儿。如果能舍得,小外孙可以交给她,有一个月工夫,差不多就能训练得规规矩矩。

真的?章家夫妇交换了一下意见,觉得这孩子自己确实管不了,一咬牙,答应下来。三个成年人一番商量……

第二天,章副局长带外孙去公园玩,故意把小家伙丢掉,让表嫂拾了去,花言巧语给弄到了农村。再往后,只是每天电话里听到那边的消息:"大兄弟,孩子挺好的。你俩再怎么想,也不能随便过来看他呀,那可就白费工夫了。"

离开了小外孙,章家夫妇心里那真是没着没落。然而,他们毕竟还是通情达理的人,既然有言在先,只能度日如年地盼到了一个月期满。表嫂打来电话:"时间太紧了。要是有一年的训练期,那就再理想不过了。可你们若是实在想得受不了,那就还你们个半成品吧。"

143

第二天，表嫂老两口把外孙给送到了章副局长家中。老两口打眼一看，嗬，这孩子瘦了许多，却变得健康结实，尤其是见到姥爷姥姥，那亲热、礼貌更是前所未有的。以前饭菜上桌，小家伙这也不好，那也不对……如今，规规矩矩，吃得那叫一个香啊，吃饱了，还知道把碗筷送到厨房里……

章局长夫妇俩你看我，我看你，不相信眼前的事实，就短短一个月，孩子判若两人了！

表哥表嫂简单说了说管教孩子的经过。

当初他们先让一老乡假装歹徒，拐骗了孩子，然后，表嫂"碰巧"给救到了家中。这孩子一乍到了农村玩得高兴，可一天不到黑，就原形毕露，吵着要回家找姥姥、姥爷。这时，表哥把脸一翻："小兔崽子，我们好吃好喝供着你你不享受，难道你还想让人贩子拐走不成？"说罢把门打开。外面漆黑一团，这孩子怎么敢出去？他故伎重演，马上躺地下打滚。老两口就按商量好的，一齐鼓掌，说滚得太好了，再滚还鼓掌……最后孩子只好爬起来求饶。老两口略加安慰，让他洗澡睡觉。第二天吃饭，孩子要小食品，要牛肉，老两口回答说没有。孩子又拿出了绝食的办法，老两说，你早该减肥了，你不吃我们吃，故意把饭菜嚼得山响……到了晚上，小家伙一口气喝下两碗玉米粥……至于睡懒觉，更好办，老两口说，我们还有事呢，你自己在家睡吧，安全不能保证。嘿，从此，早晨一听到老两口起床，他就忙着穿衣服……

"我们见有了效果，马上给予关怀，带他爬山，捉蚂蚱，采野果……如今相互都处出感情来了，再让他跟我们回去住一段，他肯定不会有意见。"

章副局长两口子听得瞠目结舌。其实过程并不复杂，可他们怎么就下不了手呢？猛然，想起表嫂上次登门，一定是有事："表哥表嫂，咱是正宗亲戚，你们有事用得着兄弟，我一定尽力。"

老两口果然有事相求：他们中年得一子，一直娇惯到25岁，这小子吃喝嫖赌无所不做，父母想管却管不了，弄不好怕是要进监狱的。"我们手里握着他一点证据，交给大兄弟，帮着教训教训。可别真抓去给判了呀，吓唬吓唬，让他改了就中。"

章局长立刻两眼放光："小菜一碟。凭我这30年的老公安，怎么可能收拾不了个他！"

财迷的"障眼法"

野猪毛沟是个远近闻名的穷山沟。别看村子穷,却出了个财迷叫张洪伟,他睁开眼说的第一句话就是想发财。这人栽过葡萄,种过药材,做过豆腐,酿过酒……凡是他知道的副业差不多试了个遍,自己没赚着大钱不说,许多"粉丝"也因为仿效他的路子奔富而损失不小。乡亲们背地里嘲笑张洪伟是个财迷心窍不切实际的假农民,但这个张洪伟却痴心不改,又去市里拉回一台玉米粉碎机,说要张罗办养猪场。邻居们听了都纷纷摇头,说这小子不是精神受刺激,就是脑袋进了水,这几年粮价压不下去,肉价涨不起来,加上猪崽的成本居高不下,原来的专业户都想转产,再加上野猪毛沟当地没兽医,若是遇上个病害什么的,那可就想哭也找不到坟头了。乡下人毕竟厚道得多,就去劝说:"洪伟呀,你实在想搞养殖业,附近几个村都有养鸡、养非洲雁的,你也试试呗,跟人家学习经验还方便。"

迷恋电脑的男孩

张洪伟摇摇头："可我一闻到鸡鸭粪便就过敏，那钱再多，不是我能挣的。乡亲们就是比我高明，细算，可不是这么个账嘛。好吧，猪我是不养了。"

养不成猪，张洪伟拉回的粉碎机不能扔掉，他就给大家粉碎玉米回收点成本。山里人这些年改吃细粮，玉米全当牲口饲料，人偶尔只用它来调剂一下口味，一看这机器嗡嗡转那么一小会儿，就抵在石磨上转悠半天，大家很快认同了张洪伟的加工。见小张忙忙乎乎，又是搬运又是装袋子，造得满头满脸玉米面面，大家心里说，赚这点钱也不易呀。

张洪伟干活收费有区分，他说自己买机器的本钱是借的，还是希望拿到现钱早日还债。这样吧，粉碎一袋玉米，如果赊账，加工费一元；如给现金，则九毛。大伙一算，粉10袋就等于白赚一袋呢，所以想方设法也把现金凑齐了给他。这样，张洪伟辛辛苦苦几年做下来，一份满额的工钱也没赚着，全是九折。

方便加便宜，张洪伟的生意渐渐扩展到了外村。他印了名片，印上家里的电话，印上"24小时服务，随叫随到"，去一家发一张。有的人看了发笑："这粉碎的活儿又不是生病、生孩子，还用得着半夜三更找你吗？"张洪伟严肃地说："怎么没有？我做过好几家呢，夜里发现早晨没得用的了，打电话我立即赶到。不信你也可以试试。"

张洪伟的活儿多得做不过来，有时老婆也要帮他一起做。家中的地没时间管理，见同村有外出打工的，把土地转包给别人，收点"地租"，他也仿效，夫妻俩就守着那台粉

147

碎机，风里来，雨里去。一晃五年过去，小张成了大张，他家的土坯屋也摇身一变，变成了全村最新潮最宽阔的砖瓦房。乡亲们吃惊地议论："这个张洪伟真不得了，全世界的钱都让他一人赚了！"

大张一撇嘴："你们这幽默可以玩到春晚上了。我赚这几个小钱，人城里人都瞧不上眼。只是咱们山沟太偏僻，还以为我致富了。这粉碎的活太脏太辛苦，我不想做了，哪个想接我的活，我六折转让出去。"

有人就拿话顶他："大张啊，你脑袋瓜是精明了些，可毕竟也漏洞百出呢。当初办养猪场，要不叫大伙提醒你及早叫停，你现在不破产才怪呢。眼下粉碎这活儿，明明是独一份儿的技术，你打折干什么？粉碎九折，卖机器六折，你没算算，这个机器虽然旧些，可是用惯了的，大家都知道好使，再说，去外地购买，人吃马喂的，要多搭好些差旅费呢。"

大张哈哈大笑："根本不是。实话说了吧，打消办猪场的念头我谁也不感谢，那是我故意玩了个把戏遮人耳目呢，目的就是给买粉碎机打掩护。"

"买就买呗，你何苦打什么掩护呢。"

张洪伟这才道出了事情的原委："我一开始做的那些事业，虽然不见得件件正确，可也未必全不靠谱。咱老百姓有个毛病，就是爱扎堆起哄，我起个念头，准拥上来一帮跟风，结果弄了个饱和，黑锅还让我一人背着。想好了要干粉碎，可我担心大家看见我买，一哄而上买回个十台八台，结果哪个也干不成事，白浪费了一堆机器闲着。假如容我一人吃独食，那效益就比较可观了，就这。"

大伙这才明白过来："怪不得你打折呢，这是良心发现，想回报乡亲们。"

"还是错。"张洪伟说，"打折也是我的'障眼法'。我做一回收一回钱，大家不觉得伤筋动骨，按劳付酬本是个情理中的事；可我攒到一年去收，那就有几十几百，零散养殖户甚至有几千块的，大家感到不平衡在其次，主要是担心有人算过账来，干脆自己买一台，那我会断掉许多条赚钱路子……"

原来是这样！乡亲们感觉心理特别不平衡，大家聚一起议论，不能那么便宜了他。以往选村主任，投票时都相互串联一番，选各自家族或亲戚的人，说穿了，野猪毛沟这没什么油水的穷村官是家族操纵着捧上台的，巧了，村委会马上换届，大家决定换个思路，就选张洪伟当村主任，省得他躲在一边图清静，大把大把地往自己口袋里捞钱。

张洪伟这个外来户出人意料地当选了新一任村官。

当上村官事情就多了，张洪伟主任就把粉碎这活儿交给老婆打理，名片上的广告词改了："需要野猪毛沟村官亲自为您服务时，请预先约定，仍然24小时服务，加工费用不再打折。"

这回呀，许多养殖户渐渐形成规模，他们自己也买了粉碎机器，张主任那套机器老化落后，不淘汰也不中了，张洪伟只好一心扑在了集体上。

又是几年过去。张洪伟担任着支部书记兼村主任，他一

149

眨眼一个新点子,带领村民们往前奔,专往钱上盯,野猪毛沟村成了全县的小康村。老百姓得到实惠,都说那回思路换对了,一个带头人,关他家族、亲戚什么事!张洪伟听了这话,一脸坏笑:"当年我凭什么亮底牌?还不是煽动得大伙忌妒我,选我当村官。灵验了吧?我也曾打算公平竞争,当众发表竞选演说,可那样做,哪有人会信我的,岂不自取其辱。想想看啊,凭我堂堂'财迷',这么一肚子歪点子,仅仅发挥在一个家上,资源全浪费了。"

迷恋电脑的男孩

违章阳台

　　为了上班方便，张二虎在自己上班的公司附近买了处二手房，那楼房很破旧。张二虎住的一楼后窗正面临一条偏僻的窄道，夜里随便有谁从窗外经过，跷起脚就能看到玻璃窗内的情形，左右邻居都在窗外搭建了阳台，既扩展了空间，又可以防盗防窥，唯独张二虎的窗户"光着腚"，只靠几根铁栏杆撑着，样子十分寒酸。张二虎想，过去寒酸也就罢了，如今它新换了主人，我一定填补这个空白。他趁公休日找来安装公司的人，折腾了两天，崭新的阳台搭建成功，凡事什么都讲究个新，张二虎的阳台鹤立鸡群，透出一股霸气！

　　张二虎腋下夹着包儿，上班前站在阳台前欣赏自己的杰作，那种成就感！这时，过来三四个穿制服的，七嘴八舌地议论："这是谁家，怎么把阳台装上了。"张二虎立刻把胸脯挺直："本人是这家的新主人。怎么样，给提提意见？"

　　"谁让你装的？"一位穿制服的问。

"我自己呀。"张二虎好不诧异,"我的阳台,难道会有别人来装,共产主义还没实现呢。"

几位穿制服的一见他这态度,一齐拉下脸来:"立即拆除!这些阳台距地面过低,影响市容,又妨碍行人走路,拆除通知下达20多天了,你怎么置若罔闻?"原来这些人是城管!

张二虎大呼上当!交易时,原房主没提醒他;安装时,邻居也没人开口。这刚找到感觉,又逼着拆除,张二虎心理上无法接受:"我搭建时咋没人言语,刚完工,你们全冒了出来,损失算谁的?"

"周五下班还没发现,谁知道一个大礼拜你就做了?"城管们扔下一句"看着办",就急忙上班去了。

为这事,张二虎窝了一整天的火。下班回来,左边"乒乒乒",右边"梆梆梆",各家果然都在忙着拆阳台。张二虎鼻子一酸,差点哭出来,没见过这么整人的,我刚搭建完连一天都没享用,又要拆掉,心疼钱不说,这面子也过不去呀。一咬牙,老子凭啥当软柿子,老子就是不拆,爱咋地咋地!撑了一夜,整条胡同的阳台全部拆掉,只张二虎一家,距地面一米半多孤零零地抻出一块,这回不是鹤立鸡群,是金鸡独立!张二虎又上了一天班,回家一看,嘿,城管在他的新阳台外贴了一份"强拆通告",说是此阳台限令周末拆除,逾期不拆,就由城管来人强拆,那时不但要张二虎承担费用,还要交纳罚金!

盯着那份"通告"看了半天,张二虎突然笑出声来,这

迷恋电脑的男孩

通告措辞有漏洞,"逾期不拆",是逾多少期,一天还是一年?我且把灶具什么的全安置在阳台上,你长几个胆子,敢砸我的东西!就这么硬撑下去,等上级检查,还要罚他们城管的款,说不定他们会登门求我,那时我再拆掉,多有尊严!主意打定,张二虎把厨房挪到了阳台上。城管果然"言而无信",捱过周末,差不多天天上门,请求张二虎拆除,"拖得时间越久,罚款就越多,我们可是替张先生你着想呢。"

这么磨下去绝非长久之计。张二虎万分委屈,就去附近一家小吃部借酒浇愁,边喝边把烦心事说给小吃部的老板娘听。老板娘坚决站在张二虎一边,可她也扭转不了张二虎阳台遭拆的命运。于是张二虎左一杯,右一杯,直喝到接近午夜,舌头僵硬话都说不囫囵了,才恋恋不舍地晃出小店。

外面下起了小雨,夜黑得伸手不见五指,张二虎借着零星几家没熄灯的窗户透出来的光,拐进他居处那狭长的胡同。正走着,猛觉得腋下一松,接着一道黑影从背后擦身而过,朝前方飞奔!

张二虎的酒一家伙吓醒多半,他的包被抢跑了。张二虎喜欢把所有的钱全放在包里,哪怕理个发吃个早点,也要把一堆钱掏出来从中翻找零的,那感觉好爽好爽。眼下被贼人一锅端,他连阳台罚款都没得交啦!张二虎一声尖叫:"抓贼啦——"边喊边箭一般地奋起直追,那贼抢走了他的全部家当,简直就是抢了张二虎的命!

张二虎这一嗓子,喊得声嘶力竭、惊天动地。那抢钱的做贼心虚,听到身后脚步声急,更加没命狂奔,蹿至张二虎窗外，黑暗中没想到凭空里探出一段阳台，那贼脑袋"咣"的一声实实在在地撞到了阳台上，随着一声惨叫，抢钱的倒在了泥水中……

尽管没出人命，那贼却撞塌了半边脸。此人是个惯犯，非常狡猾，专候着夜深人静时抢劫单身妇女或者醉汉，等警察接到报案，他打一枪换一地儿，绝对不在这一带出现，因此屡屡得手。这回没撞到枪口上却撞到了窗口上，估计下半生即使放出来，也非改行不可，毁容后无论在哪儿露面，都有人认得出。

张二虎跑完医院，又被带到派出所做笔录……天明红着两眼回家，气没喘匀，就一拖把将阳台的窗玻璃砸得粉碎。我的妈，这若是换了角色，改成是警察骑摩托追赶凶犯，该死的阳台把警察撞倒……他张二虎就是想拆除这堵心的劳什子，都怕没有机会了。

正式拆除阳台的时候，张二虎的心情渐渐好了起来：抛去城管的罚款、卫生费、垃圾清运费，张二虎尚剩100元，还夺回了被抢的皮包。这钱若是让贼给抢跑了，那才叫憋气呢！如今这整片小区居民，茶余饭后议论的都是劫匪撞上违章阳台故事，他张二虎一夜间成了名人。建这么个"半吊子"阳台，不过搭上区区千八百块钱，竟产生如此轰动效益，换成别人，他想都甭想！

迷恋电脑的男孩

前年,去鄂南山区访友,约定要得多住几天,我便带了笔记本电脑过去。老友得闲,我俩叙旧;老友忙时,我躲在阁楼写故事,用前些年的话,是革命生产两不误,毕竟大家都要生存嘛。

入住四天后,老友的妻妹从乡下过来看姐姐,带着她十岁的儿子。小家伙长得瘦小精干,一双眼珠滴溜溜转,一看就是个活泼聪明的孩子。他见我打电脑,便十分迷恋地站在我身后看。我听说过他的家境,是不可能拥有这种时尚玩意儿的。我问他接触过电脑吗?他说学校有别人捐赠的,但轻易不让摸,他只会玩点儿游戏。他说他可喜欢电脑了,因此长大要当科学家,可以整天玩电脑。男孩站在我身后,干扰了我的思路,刚萌生的一个想法无论如何也找不到切入口,为了摆脱这种境况,我问男孩:"要不你玩一下游戏?"男孩的眼里射出火花,忙不迭地:"谢谢叔叔!"此时,他妈妈也在房间内，我当着他妈妈说："让你儿子玩一小时的电脑，可以吧？"他妈妈又让孩子谢谢我。

我起身离开前，告诉男孩："现在是6点30分，过了7点半，你就别玩了。"男孩答应得无比痛快。

我去老友家对面的河边，边散步边整理刚才的构思，感觉有些累了，抬腕看，哟，快8点了！我知道孩子都贪玩，这样超过半小时再赶他下去，于情于理都说得过去，于是我快步回去。

男孩仍然在玩着一个杀人游戏，见我回来，略一慌乱，叫了声"叔叔"，眼睛还是盯着画面不放。我提醒他："时间可超过了呀。"

男孩边忙边撒谎说，他刚刚找到游戏方式。

我知道中了他的计，只好在一边的床上躺下，继续梳理我已经梳理得十分清晰的思路，我怕过一会儿错过时机，也许没了感觉，那损失可就大了。

男孩的妈妈早到楼下打麻将去了，这个阁楼是个大套间，男孩，他妈妈还有姥姥睡里间，现在阁楼外间只有我和男孩两个人。

我盯着男孩，小家伙出奇的专注，他是多么担心我随时将电脑收回呀。而此时已经近9点了，我想出了主意："孩子，我不能让你再玩下去了。你的眼睛受不了，你妈妈会骂我的。"

"叔叔，我刚捡到了一把好枪。"男孩乞求道。

"那好，再给你10分钟，够不够？"

迷恋电脑的男孩

就这样，我隔一段催促一次，可男孩就是不下来，我也不好硬抢过来。躺在床上，我被自己的构思折磨得好苦，近在咫尺的电脑，却不属于我。你说我发贱不是，干什么要让这孩子玩电脑呢，这叫引狼入室，或者是咎由自取？男孩的妈妈也是，赌起麻将来，孩子都不管了。说实话，我不赌麻将，甚至鄙视那些一接触赌博眼睛就瞪得滚圆的人，下午，那个女人还对我滔滔不绝地炫耀她儿子如何出色，难道就这么个出色法？

任我怎么旁敲侧击，男孩就是不下来。我的心情越变越坏，我钻进了被窝，随他吧。

直到过了零点，男孩的妈妈才上楼，脸上挂着胜利者的微笑，可能是赢钱了。她吃惊地责备儿子："你怎么还玩？赶紧下来，影响叔叔写作了！"

男孩机械地退出。我让他顺便把机器关了，是说给他妈妈听的，这就是你夸奖的优秀儿子，现在说耽误我写作，有意义吗？

男孩进套间里了。他妈妈对我笑笑："真不好意思。"

不好意思就完了？我憋着气呢。但我不能拿影响写作说事，我说："你们娘儿俩真行，疯到半夜。"见她一愣，我把话锋一转，"不要孩子眼睛了？这样一玩就六个小时，他眼睛受影响，你这当妈的失职呀。"

这一炮击中对方要害。女人脸色大变，忙问我，我阻止过她儿子几次？我添油加醋地描述了一番，你不是陶醉于你儿子如何如何优秀吗，自己听听。我从孩子的熟练程度，断定他是个玩游戏的老手了，肯定去过网吧，这样下去，别说当科学家了，那后果不可想象。凭我的口才和思维，忽悠一个乡下女子，那是小菜一碟，那女子听得脸色煞白，这让我获取了某种快感，越发侃侃而谈，直到我感觉这口气消了才罢。

过了最佳睡眠时机，我失眠了。想想自己，一把年纪了，刚才这是何苦？贪玩是孩子的天性，至于那么危言耸听吗？何况那是一个多么机灵可爱的男孩呀，我的行为构成了恶意中伤！不知道具体折腾到几点，我决定明天做点补偿，这才昏然睡去。

次日上午，男孩一直躲在房间里写作业。傍午出来，伏在桌子旁边静静看我打字。他是眼馋呢。内疚加恻隐，我忍不住问他："作业写得怎么样？"

"全部完成！"男孩肯定意识到了希望，好鬼头的小家伙！

"表现不错！"我夸奖着，"中午饭后，我可以奖励你玩一小时电脑。怎么样？"

男孩差点要蹦起来了。

"不过，你昨天晚上表现不好。"我斟字酌句地说。我不能承认昨夜我当他妈妈夸张的进谗，我说，"今天就是一小时，咱男子汉要说话算数。"

男孩痛快地与我击掌、拉钩。我暗自决定，就是超过个把小时也无妨，孩子嘛。

这时，男孩的妈妈在楼下喊我下去吃饭，男孩先飞下楼

迷恋电脑的男孩

去。我简单处理了一下事务，才来到餐桌。

可是我看见男孩眼里满是泪，他两个姨妈轮番哄他，说的方言，我一句也不懂，只能傻傻地看着。饭后，男孩的妈妈拉着男孩的手到我面前，告诉我她家有急事，要带儿子回去，并邀请我有时间去她们那儿玩。

就这样，我抱了抱那个仍然含着泪水的男孩，目送他跟着妈妈上了车。

事后我问女主人，才知道男孩哭的原因。孩子兴冲冲下楼："妈妈，叔叔让我玩一个小时的电脑。"他妈妈的脸立刻拉下来："玩什么玩，下午马上回家去。"

不用问，是失望让男孩流了泪。

主人不可能知道详情，可我感觉到了深深的不安。是我的那番暗含冷嘲热讽的话，刺伤了那位年轻母亲的自尊，家庭贫寒的人格外敏感的。因此，她决定不接受我的施舍，难怪女主人也纳闷："这个人，说好了再住几天的，怎么想一出是一出？"

傍晚，我乘车回返。回到家乡，总感觉失去了些什么，那男孩贪婪的目光一直在我面前闪动。这种不安折磨了我好长一个阶段。我突然时来运转，我的一部电视剧被投拍，制片人一高兴，送给我一台小巧的笔记本，无论配置和外形都不是那台旧的能相比的。旧笔记本当然要淘汰，一问，当初五千多买的电脑，回收方只给三百块钱，这不骂人吗？

我猛地想起了那个男孩，他的家庭，再过五年也未必有电脑，我把笔记本邮寄给他，谁会想到它只值三百元呢，小家伙不知道怎么高兴呢，而我也了却了压在心上的一块痛，真是两全其美的好主意！

我被这种想法兴奋得手舞足蹈，立即给朋友打电话，提到了那个酷爱电脑的男孩，我想要男孩家的地址、电话，把笔记本直接邮寄给他。

朋友愣了片刻："你怎么想到了他？早死了。"

"什么？我是说董雪峰。"

朋友回答没错。就是那个董雪峰，就是跟我告别后，跟他妈妈坐车回返，途中出了车祸，母子双双遇难。消息传给他时，我已在列车上了，朋友夫妇感觉不过一面之交，也没告诉我。

捏着手机，我觉得整座楼都在向前方飘移。这个秘密只有我一人知道，那母子俩的死亡直接与我有关！是我用苛刻的语言刺伤那年轻的妈妈，才使她突然改变主意坐了那趟车回家的！

我眼前出现一双充满贪婪的明亮的大眼睛，那孩子在向我恳求："叔叔，我刚捡到了一把好枪……"

迷恋电脑的男孩

生态村官

不和谐的音符

　　这年秋收结束，锥子沟村委会要在半月后换届。对这事，在村民们心里可是连一点悬念也没有，都说："那还能有谁？肯定还是他蔡老三一肩挑呗。"
　　蔡老三那是锥子沟的大拇指。20年来，他一直当着支书兼村主任。锥子沟背靠原始森林，是个很偏僻、很贫困的山村。但贫困归贫困，山沟人团结、和谐，日子照样过得有滋有味。乡政府提前半月派于助理等人过来召开村民大会，也就是例行公事地宣传一下，其实选与不选，村主任都是蔡老三的。蔡老三就在会开到结尾时说了句："下届这村主任谁爱当谁当，我是死活也不干这操心赚挨骂的营生了。"
　　蔡老三哪回换届都要来上这么一通推辞，跟例行公事似的。大家也都例行公事似的劝他，说些为人民服务之类的话。可蔡老三这回像来了劲:"真不干了。有人背后捅我的刀子,说我占着茅坑不拉屎。"嘴上这么说着,可老蔡心里说,这山沟一筐木头砍不出个楔子来,吓死你们,看谁敢抻头当这个村官。

谁知这时,人堆后突然有人咳嗽了一声:"一个不足400人口的村主任,屁大个事,值得拿来捏去吗?实在没人干,我干!"这人扔下此话,扭身就走。

蔡老三吓了一跳,定睛一看,原来是寇点子,背地里说蔡老三占着位置不作为的正是此人,也就他,关键时候敢跳出来唱几句不和谐音符。于助理也认得,喊他大名道:"寇文秋,你给我站住。这么不负责任地搅和,想破坏选举吗?"

寇文秋站住,斜了于助理一眼:"你帽子扣得不小呀,那你就以违反宪法罪把我铐起来呀!我看你这是欺骗群众。刚才当着这么多人的面,还鼓励大伙别有顾忌,要畅所欲言。我只说了这么一句不当真的话,你就搬出宪法来恐吓,如此虚伪,你还有脸代表乡政府说话?"

一下子,把于助理噎得两眼翻白,这小子此言极有杀伤力,真让他没有反击的心理准备了。

寇文秋见于助理发愣,又说了句:"走咧。"把门一摔,留下一串响亮的脚步声!

到了这地步,蔡老三也没法下台,对于助理摇摇头:"你瞅瞅,这刺儿头连你们乡领导都不放在眼里,我这村官怎么当?他要当,就让他当吧。"说罢,也扭头退出会场。

迷恋电脑的男孩

提起寇文秋，蔡老三吃饭都得省一碗。这寇点子30多岁还光棍一条，算是窝囊的了。农民嘛，以朴实仗义为处世理念，可他寇点子酒桌不亲，麻将不打，行动独来独往，走路低头数石头，整天尽琢磨怪点子，哪像个庄稼人？俗话说，仰脸老婆低头汉，这种人难斗。哪想到前年走了狗屎运，买奖券中了一大笔钱，不但盖上两层小楼，又赶上有位村民重病，声称要把20亩耕地一次性转包10年，价钱便宜得让人淌哈喇子，但谁都掏不出这笔钱来，又让寇点子给捡了去……寇点子乘人之危的做法，山里人大都不以为然。所以，寇点子跟蔡老三叫板，蔡老三压根不在乎，他决心要把这戏唱到底，便对于助理说："寇点子当众叫号，够嚣张的。他必须当着大伙的面向我赔礼道歉；不然，我这挑子撂定了。"

蔡老三以为这么一叫板，就凭寇点子这么多歪心眼子，不会不知道众怒难犯，一定会当众赔个礼，说自己信口胡说，蔡支书也就借坡下驴。哪知道，于助理从寇点子那边回来，耷拉着脸，说寇点子说自己没错，坚决不道歉；另外还让于助理捎话，村主任是要大伙选举的，并不是谁想夺就能夺了去的，蔡支书怎么连这点自信都没有啊。

蔡老三气得一巴掌拍在烟灰缸上："选！他不怕丢人，就正大光明地参与竞选，群众最知道好歹！"

蔡老三无论如何也想不明白，锥子沟姓蔡的占多半，选举村主任就跟选个族长差不多，本家们哪回不投他蔡老三，姓寇的总共就两三户，寇点子根本没有当主任的本钱，他痴心妄想丢这个人，图的是什么！

社会万花筒之中国好故事系列丛书

轻易"政变"

  选举正日子眨眼就到。蔡老三胸有成竹,凭他这些年的威望和本家的优势,其间他又亲自挨家挨户跟选民们做了不少沟通,大伙不可能投寇点子的票,这主任还不是他蔡支书的?

  于助理首先当众承认自己那天失言,请大家原谅。然后宣布,既然寇文秋同志提出愿意竞争村主任一职,那就请大家投票表决。然后就要分发选票。话音未落,寇点子伸手制止住了:"我可没答应要参与竞争呀。现在领导把这想法强加到我头上了,那我不参与还叫什么男子汉呢。可是我话得先撂在前头。"这小子平时话不多,今天突然变得滔滔不绝,"乡亲们,我若是当上村主任,首先要为大伙办两件事。头一件,财务公开。从我当选开始,凡上面来人,吃喝费若花村里财政一分钱,我寇文秋头朝下走出这个村子。去年蔡三爷吃掉多少,有账可查,这笔钱有几万块,我给照数省下,到了年底,按人头分给大伙。第二件,今后我每次开会必给大家好处,要不,我就不麻烦大伙。明年这时候,要让大伙都承认占了我的便宜,如不兑现,我那幢小楼卖掉,按人口分钱。"

  蔡老三暗叫"邪了门",自己掏钱为集体招待上级的人,开会还给与会者好处?这小子想官想疯了,他小子若是选上了,不破产才怪!这样想着,只听寇点子还有话呢:

164

迷恋电脑的男孩

"以上两条，我当场跟大伙签协议。我也有条件，大伙选我得拥护我，哪个不听我指挥，那我就撂挑子，这后果责任得他负，包括蔡三爷。"

蔡老三一拍桌子站起来："你这是贿选！"

寇点子嬉皮笑脸："三爷，您别气坏了身子，我充其量算个竞选演说。贿选哪有摆在桌面上的？像您老人家挨家串联、许愿那才叫贿选。您要是不敢面对大伙的选择，我退出就是，何必呢。"

这一步好比象棋中的卧槽马，叫"将"不出门。蔡老三只气得脸色煞白："投票，我服从选举结果！"

这寇点子意犹未尽，"那我还要补充一点，虽然三爷说他不干了，那是玩笑。大伙如果选他，他还是愿意继续干的。"

哎哟把个蔡老三气得呀，这混小子像是把他蔡老三当众剥光，搞得也一点退路也没有！他暗暗发狠，等选举结果出来，我看你怎么收场！

法定的时间到了，于助理只能宣布投票。结果出乎蔡老三意料，寇点子得票率超过了八成，眼睁睁让他当上了新一届村主任！

寇文秋眼泪在眼圈里打转，不住地向大伙作揖："乡亲们如此高看我，文秋若不把锥子沟搞出个名堂来，这脑袋宁愿揪下来，给大伙当尿壶！"蔡三爷转身想走，却被寇点子高声拦住："三爷您别走哇，我这个村主任，还在党支部领导下，支持还是不支持，您好歹得表个态吧？"

165

蔡老三直气得眼前一片金花乱舞，他恨寇点子，更恨那些当面答应投他票的，临时变卦的村民们，哪想到这场政变进行得如此容易呢？他深吸了一口气，才稳定住情绪："支持。怎么会不支持？只要你不违法，党支部坚决支持。"

这样该行了吧，可寇点子还没完："感谢三爷和党支部。可我还有话说，官场上大都是后任维持前任的政策，我要是也那么办，还换届干什么？我得对您从前的领导方法做大手术，您支持不支持？"

"我会不欢迎你进行改革吗？"蔡三爷说，"你敢揽瓷器活，必有金刚钻。只要把村子治理好，为乡亲们谋来福利，我不光举双手赞成，这个书记也要让给你当呢。"

这天，蔡老三那寒气胃一宿没闲着疼。按街坊辈，寇点子得叫他一声三爷呢，没想到这么容易就被篡了位！他恨恨地想，这个孙子，你往后可得仔细了，只要错一步，哼，我让你想哭都找不到坟头！

歪点子系列

蔡老三让出村委会主任的位置，耳朵眼睛却一直跟着寇点子，他不相信寇点子会比他高明。

蔡老三乡政府有人呢，消息很快就反馈过来。寇点子上任第二天就去了乡政府。跟乡长书记说，自己决心把锥子沟搞成富裕村，唯一的要求是上面别总派人去检查这检查那了，穷村子没钱供饭。乡长一听先火了："你小子害怕检查，是不是有什么怕人见的猫腻？你不供饭拉倒，我们自带干粮去！"寇点子挨了骂，不羞不恼，还一个劲儿地道谢，说领导体谅下面，他一定以优异的成绩作为回报。

蔡老三差点笑起来。人家要带干粮来公干，不是讽刺是什么？他寇点子听不出好歹来还感谢，这不是痴呆是什么？这时，老伴从外面跑回来告诉他，寇点子的女朋友薛小芳跟他好一顿吵闹，然后，头也不回地离开了。

那还用说？寇点子中了奖，有了房子，才招来女朋友，这回房子都抵押出去了，说没有就没有，人小芳不跟他黄，怎么会对得起他！蔡老三幸灾乐祸，忙要老伴过去安慰一番，实际是把寇点子的痛苦当成胜利成果享受。这时，却听寇点子在大喇叭里喊话，告诉大家，说是他从外地请回来夜校教师，要求每家男女两户主必须轮班听课。凡上课者，只要能回答上简单问题，证明你确实没在课堂上睡觉，那就每人发劳务补贴50元！

乡亲们以为多难的课程，怕拿不到劳务补贴，个个提心吊胆地听课。可人家教师只讲些种地使用化肥、农药的害处，下课前的提问更是容易，只要能答上："化肥、农药长期使用，对健康不好"，就当场领钱。这下子把大伙乐得，都说村主任选着了，选着个财神爷！

支书蔡老三起初不屑一顾，第二天他也沉不住气了，吩咐老婆："50元不赚白不赚。你先听去，哪天我也去！"就这样，全村300名男女成年人，5个晚上全部轮完一圈课，有老婆的家庭白捡100元。寇点子咧着大嘴笑："还有好事。

167

大家回去，如实把今年的产量，分门别类给我填了表报来。也不白让你们劳动，一份表格20块。记住了啊，你若是想多报或者少报，大伙的眼睛亮着呢，若看出破绽，钱可就没有了。"说完，让会计把报表发下去。

连听课、填报表都给钱，近3万块呢，寇点子他当真是病得不轻呀。支书蔡老三恨得牙根儿痒痒，这不是彻底寒碜他这位前任领导吗？但人家自掏腰包，谁也管不着！

蔡支书这边气还正生着，村民们填报表的钱都领完了，就听寇点子又宣布召开村民大会。蔡书记知道拦不住，寇点子亲口承诺开会必有好处，哪个会不来听听呀。果然，还没到点，放露天电影那块空地上，人挤得满满登登，比放电影都齐！蔡书记当然要参加会，还被请到前面，坐在一条板凳上。寇点子见人齐了，清清喉咙，说这次开会，不给现金，然而却要给大家谋更大的福利。

更大的福利！蔡老三听得心惊肉跳，这小子确实是疯了！上任这才几天，折腾出去近三万，如今又要再加码，难道他要提前把小楼分掉？那往下这戏他还如何演？演不下去，这村主任的位置怎么夺去的，还得怎么送回来。

蔡老三这样想着，耳听寇点子宣布了一条新规定，锥子沟村这些年养成了恶习，农闲时节，睁开眼就知道聚一块赌麻将，这个恶习要改掉。他寇文秋承诺要让本村三年脱掉贫困村的帽子，五年内成为全乡最富的村，如果实现不了，那小楼就是大伙的啦。但这承诺需要大伙配合，从今天起，任何人白天不许在家猫着赌博，他已经联系好了乡政府、中

迷恋电脑的男孩

小学、敬老院,还有养牛场、养羊场等许多单位,老少爷们可以去那里清除厕所粪便,降雪后,运到各自的田里……寇点子最后说:"禁止赌博,可以减少多少家庭夫妻间的争吵,提高村民的素质,促进全村邻里间的和谐,这本身就是福利,但哪个若是不领受,就怪不得我了;第二,咱们上回请专家讲课,都知道化肥、农药的害处,所以,明年我要在咱村推行生态五谷种植,禁止使用化肥和农药。哪个人若是现在偷懒,到明年吃亏的还是他!"寇点子颁布完他的土政策,还自以为是地炫耀:"怎么样?咱全村农田约2000亩,每亩地化肥、农药至少150块,总共那叫30万,我寇文秋一句话就都给大家省下了,这福利小吗!"

听到寇点子这番疯话,蔡支书差点要蹦起来。你号召积肥没错,那要有个自愿的前提。化肥、农药怎么了,国家允许生产,那就是允许使用,它增产增收,利大于弊,莫非你没看焦点访谈节目?有多少政府强行干涉村民们种植自由的事件,都被无情地曝光、揭露出来,我倒要看看,你一个小小村官有什么资格胆敢下这样的禁止令?

当天晚上,蔡老三就去一些亲信家走访。大家也觉得寇点子这话不靠谱。不让买化肥农药,再怎么忙活,农家肥肯定还是不够用,必定会减产的,这损失他寇点子负不了责。这些人商定,先让他寇点子做一冬好梦,明年春耕,化肥农药该用照样用,他寇点子敢阻拦,咱拿政策给他叫板,那时不但罢他的官,还得分他的楼!

不认输不行

一个冬季很快过去。听话的村民把自己田里运满了优质肥,蔡老三身为书记,不好公开跟寇点子对着干,就推说年纪大干不动,只做了点表面文章,他们暗地里把农药化肥运了回来,这些年用惯了化肥,土地板结,一旦离了化肥,庄稼定会大幅度减产,别说富裕村,干脆讨饭去吧。

眨眼春暖花开。这天,锥子沟开进来四辆轿车,坐的是寇点子特邀的贵客,省城某粮油经销公司的董事长代表。来干什么?跟全体村民签约。寇点子这才揭开谜底,所谓听课、填表的劳务费,一分钱没用寇点子出,全是这家公司支付的,为的是今天这次签约。前些日子他寇文秋已经统计了村民自填的去年收入报表,全村共有农田2000多亩,年产毛粮160万斤,抛除化肥、农药等费用,净值120万元。如禁用化肥、农药,再没有农家肥的话,产量连一半也达不到。也就是说,不含农家肥因素,村民要损失60万元。

寇主任说:"现在就把这60万元亏损提前补贴给愿意签约种植生态五谷的村民。前提是,种植、秋收全过程由公司派人监管,打下的粮食由公司以高于市场价格的3倍全部包购。当然,哪位仍然坚持使用化肥、农药,你只要不签约,我是不敢干涉的。"

蔡老三一伙就打算用化肥、农药跟寇点子对着干,感觉姓寇的没本事推行他那个生态五谷的馊点子,哪料到人家会走

迷恋电脑的男孩

出这样一步杀棋！寇点子那60万元的价值只是个理论数字，山区村民不会算计，打下的粮食除了自己吃掉、还要喂牲口，全村卖掉的余粮连10万元也没有，不然怎么能叫贫困村。每年春耕，家家户户口袋里没钱，都苦着借钱、贷款买化肥、农药，而眼下如果签约，非但不用投资，每家还平均有近2000元的现钱，到秋天收的粮食还给3倍的钱，这好处傻子也不会放过！所以，一天不到黑，协议顺利签完。蔡支书只好咬着牙夸奖寇点子这主意好，也领到了2000元的补贴。

这一天，锥子沟比过大年还热闹。备足了粪肥的人家喝醉了酒，跑到街上扭秧歌庆祝，他们不单白赚到补贴，粮食照样增产，秋天还卖3倍的价钱，哪个不庆幸听了寇主任的话！而那些偷懒怠工抵制寇点子号召的村民打掉了牙往肚子里咽，都后悔当初不该盲目跟着蔡老三走，没有农家肥，地里减产是命中注定的了，眼看着3倍的高价格，到时候却没得粮卖，他姓蔡的有能力赔偿吗，他自己还不知道冲哪里哭去！

蔡老三给弄得灰溜溜的，恨那个浑身上下长满心眼的对手，却又不得不佩服人家就是棋高几招！然而这地里没肥，那不是眼睁睁地损失吗？家中的化肥农药烂在手里却不敢用，因为协议上白纸黑字，公司派来监督的人虎视眈眈，一经发现，那惩罚是受不了的！

蔡书记一筹莫展，急得拿脑袋撞墙。就听寇点子又在大喇叭里检讨上了，说都怪自己没能力彻底说服大家，让几户人家减少了收入，作为补偿，他已通过有关渠道，收购到

社会万花筒之中国好故事系列丛书

一些地沟油，廉价卖给缺肥的村民当肥料用。蔡老三本身是个优秀的庄稼把式，他怎么会不明白，地沟油若是食用，确实对身体有害，可当肥料用，既增产又肥田！蔡老三在一片欢呼声中羞愧万分地领到了购废油的指标，心里也不得不佩服，寇点子呀寇点子，你小子好心眼坏心眼一样多，我蔡老三这回真得高看你一眼呢。

这一年恰巧风调雨顺，知道粮食是3倍的价钱，村民们照顾得格外精心，虽然没有化肥农药，锥子沟并没大幅度减产。寇点子提醒村民："咱种的是生态五谷呀，总价值360万！大家信我的好不好，咱穷人暂时吃不起这么奢华的精品，一粒不留。全卖掉吧。"他给村民出了主意，从外地"进口"平价粮做口粮，至于牲口饲料，他联系购买回一批廉价的陈化粮代替，仅这一笔，就给锥子沟省了几十万块钱！

现在寇点子根本不用号召积肥，早在伏天农闲时，人们就开始从树林里田头倒腾腐殖土肥田，到外地打工的劳动力，也被叫回来积肥……村民们正拿着卖粮的银行卡左一遍右一遍地看呢，大喇叭又传来好消息，所有的庄稼秸秆一律不许像往年那样就地烧毁，寇点子已经与奶牛场签了合同，对方以高价收购，因为喂生态秸秆可以提高奶和肉的质量和价格！锥子沟有史以来没人听说过玉米秸秆和稻草还能换钱，这不是拿馒头往油里煎嘛。寇点子还告诉乡亲们，今年是第一年，粮食中仍然有少量化肥、农药的残余，构不成正宗的品牌；明年，公司会将收购价再涨一倍。他已经通过正当渠道，申请注册了"生态五谷"的商标，三年后，咱们收获的生态五谷可以直接打入市场。上级不是明令禁止干涉农民的种植品种吗，他寇文秋偏偏背道而驰，兹决定，明年开始，为便于公司收购和今后销售上的方便，全村种植品种要统一规划，如有标新立异者，后果自负。村民们确实不情愿哪个人来硬性干涉他们的种植计划，但更不情愿失去高于市场价格6倍的粮价！大家伙串联起来，一起找寇点子请求："主任哪，您隔三岔五给我们开个会吧。我们不再要工钱，还给您发高薪行不行啊？"

紧要关头看人心

寇点子上任的第三年，他跟那家公司重新签署了协议，锥子沟的粮食价涨到原价的10倍。"生态五谷"已经让他注册了商标，并且很快将形成品牌。如果不按照这个价位收购，他将独力经营锥子沟的生态五谷。到了此时，寇点子才向大家透了底，如今人们的养生意识提高了，城里有钱人多的是，锥子沟的生态五谷在公司的宣传运作下，均价已达到40元一斤，最贵的精心设计成礼品装，单价超过了百元，难怪公司肯出这么多血跟寇点子合作。

锥子沟的村民们一下牛了起来，许多人嫌干农活累，索性从外地雇工来帮忙。寇点子更是忙得脚打后脑勺，他两眼瞪得鸡蛋大，狠呆呆盯住不让外地粮食"入境"。著名穷村锥子沟一下子暴发，惹红了外地人的眼，他们千方百计试图把粮食弄进来，掺到生态五谷中卖高价。寇点子在会上扯着嗓子吼，锥子沟的生态五谷品牌，要紧的是保护，若真的出现害群之马，从外地偷运进粮食掺杂牟利，或者是偷偷使用化肥，生态五谷必然坏了名声，那可就一蹶不振了。村民们异口同声地喊："寇主任不用担心，哪个要是敢坏咱的风水，全村人一齐往他家院子扔石头！"

这年秋收大忙季节，镇上来了工作组，纪委楚副书记带队，当晚就召开村民大会，当众宣布，有群众举报，寇点子涉嫌收受贿赂和以权谋私。举报信上说，这寇点子的小楼和他所谓中奖的故事，全是他编出来欺骗群众的。寇点子看到锥子沟的种植优势，感觉有利可图，就找到那家公司，鼓动三寸不烂之舌说活了那老总的心。他指山卖磨，预先从公司拿到了一大笔钱，又是造楼，又是用来收买人心……这些钱羊毛出在羊身上，还不都是从所谓生态五谷的价格里扣的？楚书记冷笑道："你寇主任让镇里的人背着煎饼进村，你多廉洁呀？岂不知钱你赚着，清官你当着，好人全你一人做了，你把党支部放在了哪里？"

寇点子脖筋蹦得老粗："楚书记，话不能这么说。实话说了吧，那公司老总跟我沾亲，不然，我就是说破了天，他会来投资吗？因此，那钱应当是他资助我的，就算是我拿的回扣，这也跟廉洁、党支部什么的扯不上关系吧？"

楚副书记说："扯不扯上关系，那要用事实说话。请你配合一下，跟我们到镇里接受调查，假如举报信是子虚乌有，组织上会还你清白的。"

迷恋电脑的男孩

寇点子一脚踢翻了椅子:"眼下马上要卖粮了,这时候弄我走,你什么意思?"

"我什么意思,你得问组织去。"

正僵持,门开了。蔡老三披着棉衣走了进来,他这几天生病,在县城住院,听到消息特地赶了回来。蔡老三盯着楚副书记看了足有10秒钟,问:"你要带走寇主任,党支部怎么不知道?"

楚副书记没想到蔡老三这时候回来,更没想到这位对寇点子一包意见的人会偏袒寇点子。吭哧了半天,说:"他不是党员,跟党支部无关。"

"既然不是党员,怎么劳动你纪委领导?我觉得,纪委是管党员的吧?"

这位纪委副书记业务水平有限,一时居然语无伦次:"寇文秋凌驾于党支部之上,所作所为全是他一意孤行……"

楚副书记想,蔡老三对寇点子意见大着呢,如此一点拨,他还会执迷不悟吗?会议室紧张得点火就着。

"错。"没想到蔡老三出语惊人,"你刚才说的那些,文秋主任全跟我汇报过。本村党支部5号召开的会议,集体认为,文秋同志那点所得太少了,锥子沟还要给他重奖,计划从每亩地里提出500元,也就是总数100万,奖励给寇主任,让他娶个媳妇,然后带领大伙奔小康。支委们说话呀,开过会没有?"

在场的支委七嘴八舌:"是5号开的会,大家一致通过的!"

蔡支书又问:"全体都在。每亩地拿出500元奖励寇主任，多不多？"

"不多！"村民们感激寇主任，顿时掌声雷动。

其实此事的内幕寇文秋和蔡老三都不清楚。起初邻村村支书跟寇点子沟通，希望把他几户亲戚的粮食偷运进锥子沟，夹杂进生态五谷里出售，承诺一半的好处费给寇点子，遭到寇文秋的严词拒绝。寇文秋事后忘记了，那位支书却恼羞成怒，央求亲家楚副书记帮助收拾寇点子。老楚挖空心思找出寇文秋这些短处，没想到，让蔡老三轻易化解。蔡老三拍拍裤子上的褶子："楚副书记，责任全在我，需要调查什么，我跟你走。眼下售粮的紧要关头，动我们主任，那就是要配合假生态粮混进本村，性质恶劣着呢，你可不要上坏人的当啊。"

楚副书记一行只好灰溜溜地离开了。

寇文秋一把抓住蔡老三的手，握了又握："三爷，我的好三爷！您根本没开支部会，这样撒谎，不怕楚书记知道了报复您吗？"

蔡老三哈哈大笑："傻小子哎，三爷确实是糊涂过一阵子，但不能总犯混呀。你把一个穷村，弄成全市的致富标杆，这能力，别说三爷，就是全国有几个？三爷这年纪的人，不怕报复，我正想要求辞职呢。会虽然没开，可支委们串联好了，立即上报发展你为预备党员，明年这支书担子由你来挑。我再占着茅坑，那还算个人吗？"

寇文秋堂堂五尺汉子，据说长这么大没掉过泪瓣瓣儿，此时，他紧紧抱住蔡支书，号啕大哭……

迷恋电脑的男孩

去敲幸福的门

怎么就高兴不起来呢

村民黄亚兵伤好以后,性格变得古怪无比,出院后,几次要自杀,幸亏被邻居及早发现,才免于一死。这事连镇长都惊动了,亲自上门百般劝慰,这才打消了他自杀的念头。然而,黄亚兵整天阴着个脸,活像全世界的人都欠他钱不还似的。

黄亚兵为什么厌世轻生呢?只因他所在的村落遭遇了一场震惊全国的大灾难,本来其乐融融的三口之家顷刻阴阳两隔,他的媳妇和女儿被夺去了生命,黄亚兵自己也失去了一条腿。这飞来的横祸砸到哪个头上,他也受不了,难怪黄亚兵整天寻死觅活!

村、镇两级领导担心他真的出事,千方百计在抚恤金这方面多照顾他,村子不能住了,领导在新村位置当街选择

社会万花筒之中国好故事系列丛书

一处最好的地,给他盖起了一幢两层小楼,并扶持他开起了一家"幸福饭庄"。这儿是通往国家级著名风景区的必经之处,公路改道后,恰恰从新村子当中穿过,浩浩荡荡的旅游车队总有停在这儿吃饭的,幸福饭庄不愁没钱赚。邻居们没有不羡慕妒忌的,都说,正在热播的一个电视剧叫《幸福来敲门》,应在黄亚兵身上了,这幸福正敲他家的门呢。也有人说,老黄真会用苦肉计,这一哭一闹,好处就来了。

这话传到黄亚兵耳朵里了,老黄拖着条假腿,满大街好一通骂:"谁他妈的有屁去茅房里放去。幸福敲我家门?敲个屁!谁眼馋我这倒霉点子,也让他家死几口试试!"这一通骂,邻居们都噤了声,远远望见他,赶紧绕开走。这样心态的人,谁敢与他打交道?

按说黄老板真是个做生意的好材料,他的饭庄两层共有10多张桌,坐满得一百几十号客人,他跟谁有意见,也不能得罪人民币。于是,与导游们友好合作起来:导游把客人带到他这儿吃饭,他暗地里悄悄按人头给回扣。这样,黄亚兵薄利多销,一天几拨下来,至少都有上千元的纯收入。也就晚上数钱的时候,黄亚兵才有点笑模样。

不过这笑容一瞬间便消失了,老黄一股无名火总压在心头,还是见谁烦谁。那些服务员见了他,简直就是老鼠见了猫,稍有过失,就给骂得狗血喷头。那又怎么不离开呢?幸福饭庄生意火,老板脾气虽不好,但工资不少给呀,灾区找个赚钱的地方容易吗,所以看在钱的份儿上只能忍受。不但跟服务员,黄亚兵对喂饱他饭庄的顾客上帝也动不动就抱怨，看着人头攒动的客流，他时不时地冒出幸灾乐祸的话："没事在家待着多好，跑出来穷折腾，纯是让钱给烧的。这种人不宰他宰谁，活该！"村民们见状，都说黄亚兵没救了，他一定是得上了抑郁症。

别怨邻居们背后说三道四，就是黄亚兵自己也纳闷了：亲人死了哭不活，这道理他懂；过去贫困现在富裕，他自己还买上了残疾人专用的电瓶车代步，一日三餐想吃什么吃什么；过去，他低三下四地给人打工，现在他当上了老板，想训谁训谁……那么，自己为什么就感觉不到幸福呢？他恍然大悟，问题出在厕所上！

原来背后有黑手

幸福饭庄两层楼就一间厕所，男女共用，谁进去谁插门。哪个旅游的饭后不上厕所呀，按一人一分钟计算，百多人轮一周，就得俩小时。遇上一蹲半天的，那卫生间门外跺着脚站队的摆成一条长龙，真好比抢购紧俏物资来了。黄老板一拍脑门，有了。

连图纸都不用画，黄老板马上雇人开工，在饭庄右侧盖两间平房当卫生间。他眼珠一转，接通两根塑料管子，一根把屋后的小溪引过来，连厨房洗菜洗碗的用水都解决了；另一根直接把污水排泄到屋后的小河中……嘿，瞧瞧他设计的这卫生间，连水费都省了。

黄老板盖厕所为的是方便游客吗？错了。要不是为了钱，他活着岂不更没意思了吗？饭庄上人的时候，他开着电瓶车，亲自往新厕所大门口一坐，收费，进一位一元。嫌贵的，屋里的免费，有耐心可以排队去。但凡旅游的口袋里是不差这点钱的。何况近年自驾游的日益增多，游客自己带吃带喝的，却无法自带厕所，只能跑这儿来搞一次微型消费。好家伙，这厕所开张头一天，就收入五千多块，顶好几个幸福饭庄的进项，尤其是不用操心。这人民币跟房后的小溪一样，哗啦啦直往黄老板的钱匣子里流。那钱他数都懒得数，直接送储蓄所里，点钞机显示多少，就是多少！

邻居们真的是看不下去，背后地里议论，这黄老板真真的是老谋深算并且心狠手辣，他原先要死要活那全是装的，为的就是发这笔横财。可直到现在他仍然说不幸福，那良心纯粹是喂了狗。

这话自然又传到了黄亚兵耳朵里。他现在没心情去骂大街，他争分夺秒地看厕所赚钱，甚至想着有一天能像那些有钱人一样，将来买个飞机玩。话是这么说，可黄老板一天到晚心里还是憋屈着，究竟为什么呢？可能是目标实现要好长时间的原因吧。黄老板正愁找不到发泄对象时，他感觉不对劲了。哪里不对劲？一夜之间，他的收费厕所生意冷清，几乎没人来光顾了。

难道这些人突然修成正果，不需要排泄了？黄亚兵仔细观察，哟，许多游客吃完饭，急匆匆地直奔村子南端。黄老板连忙启动他的坐骑，尾随出百十步，只见马路右边矗立着一个指示牌，箭头后面写着"免费公厕"；再往前走，眼

迷恋电脑的男孩

前出现新盖的一长排简易厕所，内里虽然有些脏，但不收费呀。就听游客们边方便边南腔北调地称赞，主要意思黄亚兵还是听得懂，说这厕所的主人真是修善积德，而饭庄那边收费的老板良心比墨汁都黑！

黄亚兵气得眼前一片昏花。这是哪个丧良心的，跟他这个苦命的残疾人过不去？可怜他煞费苦心，好不容易想出了收费厕所这一来钱的路，并且已经投入了不少钱，还没怎么回本儿呢，就败在这连防震棚都不如的简易厕所跟前了。黄老板开着电瓶车，南端北端一通观察，鼻子气到了耳朵跟前，他发现镇子南北各50米处都竖立着钢管焊接的大型提示牌："注意，路边有免费厕所！"这免费厕所必定迅速传开，他的收费厕所不但将颗粒无收，迟早会有人知道他"连体买卖"的内幕，恐怕连饭庄的声誉也得受影响！

怪不得心里老感觉压抑堵得慌，敢情是神灵在冥冥之中提示他，有小人时刻在与他作对。眼前这人盖厕所不收费，他图什么？除了接下来配套盖饭店，用这种收买人心的方式拉客，抢他黄老板的饭碗，决不会有第二种答案！

厕所的后侧有一道刚刚开挖的水沟，还扔着许多工具，说明没完活儿。好嘛，这个对头一定是妒忌我赚了点钱，他白天不敢露面，晚上搞工程找我的麻烦！黄亚兵决定晚上来抓个现行，看什么人，是何居心在背后下黑手？他老黄反正残废了，按说这只剩下了半条命，对方好说好商量便罢，要是胆敢撒泼耍横，大不了跟他拼个你死我活！

社会万花筒之中国好故事系列丛书

不信斗不过你

吃过晚饭，月出东山。黄老板把相遇后的所有细节都考虑周到，然后，带上几名员工去了那免费厕所。

果然不出所料。远远地，就听到人声嘈杂，十几个男人趁着月色在挖渠道。原来这些人担心白天影响游客如厕，趁夜间来挖沟，为的是把粪水引到远处囤积，以便做肥料用啊。好一个精打细算的对手，不但赚钱，连粪肥都不放过！老黄清了清嗓子，威严地喝问："这工程是谁做的？"

话音刚落，一个躬身劳作、满头白发的老头儿抬起头来，讨好地笑着，操北方口音："哟，是农家饭庄的黄老板吧，怎么有时间指导我这点小事了？"

"不敢。是请教。"黄亚兵清了清嗓子，破例地赔起笑脸，"您老人家干这事，有审批手续吗？"

"手续？"老汉哈哈大笑，"我在自己的地里盖个简易厕所，为大伙行点方便，一分钱不图，还要哪个审批？"

一分钱不图，你哄鬼去呀。黄亚兵心里骂着，但他脸上依然强装着笑，他招手让老汉停下来："老人家，我怎么会不知道您下一步的宏伟蓝图，咱也别藏着掖着。您接下来肯定要盖饭庄吧？有什么困难吱一声，老侄子会首当其冲跑在前面，这样偷偷摸摸，有些拿我当外人了。"他双手递上一支软中华，压低声音，"有钱大家赚嘛。您这样做，类似于不平等竞争……"黄老板的策略是先稳住对方，搞个统一战

迷恋电脑的男孩

线,与双方联手垄断本村的餐饮业,钱照样不少赚。

老头子摇摇头:"谢谢,我不吸烟。首当其冲和跑在前面是一个意思,黄老板说重复了。你看我这把岁数,一个孤老头子,每月领着退休金,钱根本就花不了,还开什么饭庄。我修这公厕,就是方便一下大伙。"

"原来您是领工资的呀?这就是你老头儿的不对了。"黄亚兵终于忍无可忍,故态重萌,"您衣食不愁,发扬点风格这个不难。可是您风格了,我就受害您知不知道。您看,我现在这个样子不说,我老婆和闺女全没了。现在不过是赚点钱找找心理平衡……您可倒好,弄啥子免费厕所,手拍胸膛想一想,您下得了手吗?"

黄老板振振有词,他算定了这一席话肯定把老家伙噎个两眼翻白,然后,老老实实地听他摆布。谁知老汉没开口,一个帮助干活的小伙子沉不住气了,从水沟里跳上来:"姓黄的,你怎么说话?你知道这些干活的是怎么回事吗?程老伯出钱购置材料,我们全是义务志愿者。"

黄亚兵这才仔细辨认,水沟里正干活的,大部分是本村村民。好嘛,这个领着工资学雷锋的老汉捣乱不算,你们竟然合起伙来欺负我!黄亚兵一下子从电瓶车上栽下来躺在泥地上撒起了泼:"两条路。一条是当场打死我,反正我活着也天天不开心;另一条,马上把这厕所扒掉它。"

"要是不打也不扒呢?"刚才那位好像是来自别村的小伙子反问。

"那你们当中哪个迟早也得尝尝失去亲人的滋味。"

183

这一句，把所有干活的人全激怒了："姓黄的，你诅咒谁？"

另一种活法

那位被称作程老伯的老汉一摆手，示意小伙子们不要说下去。他冲黄老板很勉强地笑了笑："年轻人，我也没有多大的恶意，就是一份良心回报。"他抬手朝原村子旧址方向指了指，"咱们受灾的时候，除了党和政府，还有全国人民都无私地支援过咱哪。多少家的房屋被毁，现在都搬进了漂亮的新居，这里面饱含着多少无私的援助和心血呀。如今，全国各地游客都经这里旅游，他们是我们的福星，其中就有慷慨解囊帮助过我们的恩人，到我们这里上个厕所都收费，于心何忍呀。"

"这是指桑骂槐地敲打我呀。"黄亚兵急了。

老汉又摇了摇头。他告诉黄亚兵，开始见他建厕所，满以为是饭庄的配套工程，方便游客。待发现黄老板收费的行为以后，虽然认为是给灾区人脸上抹黑，但考虑他是个残疾人，盖厕所总要花钱的，也感觉理解。本来盼望他把投资赚回来能见好就收，哪知道黄亚兵贪得无厌，他只好用这种办法进行阻止。

"您是饱汉子不知饿汉子饥。"黄老板简直是咬牙切齿了，"您有国家养着，我呢？我搭上了两条人命，您呢？"

这时，好几个小伙子跳了起来："姓黄的你放狗屁！

迷恋电脑的男孩

这大灾大难,哪家没受到伤害?你知道程老伯失去了几口人吗?4口。他老伴、儿子、儿媳孙子全部遇难。你知道老人家的儿子是怎么牺牲的吗?他身为武警领导,只顾奋力在现场救人,直到献出生命。他家中的亲人被活活埋掉,他都没有时间去看上一眼哪……"

经过小伙子们七嘴八舌的诉说,黄亚兵这才渐渐明白了程老伯的来龙去脉。他原来是山东人,老伴过来哄孙子,不幸遭遇地震,全家4口人都走了。老汉的儿子被流石流永远地掩埋在山底。现在,老人家定居在这边,为了是与家人长相厮守……

什么?眼前这位老汉就是那位烈士程教导员的父亲吗?他眼前闪过风雨夜遇救的一幕。他黄亚兵压在一截房梁下又被砖瓦掩埋,就是程教导员带着两个战士,怕伤着他黄亚兵的皮肉,工具不敢用了,三名武警官兵用双手扒开砖瓦,用肩膀扛起房梁,硬是把黄亚兵从阎王爷鼻子底下给抢了回来……没想到,就在当天的下午,程教导员牺牲在救灾现场……从出事那天到现在,黄老板一合上眼,总是看见教导员的样子:他衣衫不整,满脸泥污,左脸挂着凝固的鲜血与污泥和在一起……

黄老板内心一阵哆嗦。伤好后,他前期只顾厌世自杀,现在又挖空心思忙着赚钱,哪里顾得上关注。程教导员还留下一个孤零零的老父亲,并且继承着儿子的遗愿,风烛残年还在做公益事业,相比自己……拖着一条假肢不方便,他还是缓缓跪了下来:"我说我怎么活怎么不开心,原来是灵魂深处有块病在折磨着我,现在我找到了。程老伯,不,爸爸,您让我这么称呼您吧。您儿子和他的战友救了我的性命,您老人家又救了我的灵魂。我愿意跟您老人家一道,继承教导员的遗志。"

黄老板把他的新爸爸接到了自己的家,同时取消了收费厕所,并中止了向小河排污的行为。他按照新爸爸的设计,雇人把厕所的粪便及时输送到远处,用来种植纯绿色庄稼和蔬菜,由幸福饭庄全部收购。由于奉献给游客的全是绿色食品,幸福饭庄远近闻名,生意更火了!

黄老板一反常态,脸上总是挂着笑容。村民们都说,亚兵就是换了个人儿,大家争着与他接近。这时,有位漂亮的女孩欣赏他是个有良心的男子汉,主动追他,两人很快确定了恋爱关系。

记者登门采访。黄老板得意扬扬地说幸福体会:"人完全可以选择另一种活法的呀。都说幸福来敲门,你也可以主动去敲幸福的门嘛。程爸爸就是这样教导我的。现在我算是尝到了甜头,这奉献良心,比数钱的滋味好多了!"

跟老爸较劲

首战失利

彭大志没想到找工作比当年考大学难得多,找了半年,还是没着落。老爸劝他:"回来跟我学修车吧。有饭吃,有酒喝就行呗,啥工作不都得是人干的。"

大志挺烦他爸。妈妈去世多年,老爸从厂子下岗回来,在家里开了个自行车修理铺,门口的路边就是"车间"。瞅瞅爸爸那双手,除了茧子就是油污,长年累月见不到真模样,他睁开眼就两件事,修车,喝酒,还非常满足。不能容忍这既脏又累的活儿一代代传下去,大志说:"我要当老板。这半年我一边找工作一边考察市场,觉得搞饮食行业我有把握,建设胡同有家小吃店急着外兑,我若是拿过来,保证赚钱。"

"赚钱那是一句话的事吗?"老爸一边喝酒一边反

驳他。

大志把自己的打算一五一十全摆了出来："爸,您得借我本钱,最多两年,我肯定还上。人饭店是有急事低价外兑,错过这机会,我会后悔一辈子。"

"赚钱?"老爸喝得眼睛有些发红,"家里总共就5万块钱,你想把它们造光吗?你当真能赚钱……"他把酒杯往桌上一蹾,"我这酒就戒了!"

这么伤人自尊!彭大志知道老爸,酒是他的命呢,他宁可戒饭,也不可能舍得戒了酒!

"爸,这可是您说的!"彭大志伸过手,跟老爸击了掌,"不是要,是借。明天我就搬出去,两年为期,赚不到钱,我决不回来见您!"

"你再回来要钱,我可是没有了。我就等着你回来砸我的酒壶。"老爸只顾低头喝酒,头也没抬。

第二天,彭大志带上钱,兴冲冲地直奔那家小吃店。在胡同口,大志遇上老爸的好朋友胡叔叔。大志跟胡叔叔说了兑小店的事。胡叔叔赞同道："好哇,你当老板,以后我会常去捧场。不过,价钱得狠些砍,不能他说多少就给多少。叔叔也做过几年小生意,经验还是有点的,要不我陪你一块去吧?"大志笑着说："我自己的事自己做主,不用麻烦胡叔叔了。"

大志的计划成熟而周密,他只涨了点工资,就把原来的厨师和服务员留下,省去了招聘员工的时间。小吃店兑到手,隔天就开了张。大志的同学、朋友多得是,把小店挤得满满登登。大志可不是一般的年轻人,他不断提醒自己,这小老板其实就是个打工的,许多事要亲自动手,营业上要讲究薄利多销,诚信待客,加上他的朋友总来捧场,人气十足,小吃店搞得热火朝天。

眨眼三个月过去。彭大志忙得脚打后脑勺,可账面上总是不赚钱,饭店的生意也一天天冷淡下来,有一天,甚至只有胡叔叔一人来坐了坐。大志急得嘴上起了泡。顾客不来,他总不能去街上硬拽吧。

借老爸的那笔钱,除掉兑店成本,加上物资积压等,大志的资金捉襟见肘,赶上房东上午来催讨下个季度的房租,厨师和服务员下午就要大志给结算工资,大志急了:"你们俩整天坐着没事,工资差几天难道不行吗?"

厨师冷笑:"谁愿意干坐着?老话说,兵败如山倒,这个店是没指望了。你赶紧把工资给结了,否则,别怪我们搬走你的锅碗瓢盆。"一番吵闹,两个员工把工资结到手,头也不回地走了。

房租没着落,手里资金周转不开,彭大志感觉到了压力。他跟房东一次签下两年的租赁合同,还差21个月,仅房租一项就是6万多,他这样硬撑下去,不赚钱事小,房租这一项就够他受的。顾不了许多,彭大志马上贴出了外兑启事,先把本钱抽出来,再想下一步吧。

启事贴出去不久,就接连来了三个有意接手的。一提价钱,差点把彭大志的鼻子气歪:他花3万块钱兑来的小店,人家最多只给9000,也就是说,他虽然找到了接替交房租的

189

主儿，但马上就得亏损2万多元！现在大志进退维谷，扔不出去，守不下来！

彭大志忽然想到，这些日子朋友、同学都不来了，大家赊欠的钱，也有近万元，收回来救急，小店仍然可以维持一阵，说不定就会柳暗花明。他连忙打电话，可同学、朋友不是说再等几天，就是电话关机。大志真的被逼进了死胡同，一咬牙，给老爸打电话，看他能不能救他吧。

哪知道老爸一接电话，就大着舌头说："这么快就通知我戒酒了？"

大志强忍着："爸呀，我资金遇到了困难，您再帮我想想办法，最后一次……"话没说完，就被老爸打断了："彭大志，你听着，回来帮爸修车，要不你待着玩也中。就是一件，要钱没有，我不是说过了吗？"

气得彭大志摔碎了一只盘子，有生以来，他头一次喝进去一杯白酒，坐在板凳上呼哧呼哧地喘粗气！

这时候，胡叔叔过来了，一看外兑启事："哟，这老板不想当了？"

彭大志就像见了亲人，眼泪刷刷地流了下来："叔叔，我已经尽了力。谁想到这么倒霉，本来打算把这不赚钱的饭店照本钱兑出去，另辟蹊径寻求东山再起，可是，那些奸商乘人之危，要9000元白捡我的，您说我可咋办呀。我老爸看我笑话呢，他可能把掌声都准备好了。"

胡叔叔叹了口气："你老爸是不对。可你朋友呢，他们怎么不来帮你啦？"

迷恋电脑的男孩

"别说了。"彭大志恨得直咬牙,"当初有吃有喝,捧我是柴大官人;现在见我落了难,一个个全躲进耗子洞里了。"他去厨房抓起一把菜刀,"我不想活了,今晚找他们说道说道!"

跌倒能否站起

"站住!"彭大志一只脚刚迈出门口,却被胡叔叔一嗓子喊了回来,"拼命是窝囊废的表现。我问你,你当老板赚钱的话,是不是成心吹大牛要骗你老爸的?"

"怎么可能呢。"彭大志委屈地说,"我爸爱喝酒,倔,可我也不能骗他呀。"

胡叔叔帮助大志分析失利的原因。兑这店时,大志没请胡叔叔去帮助砍价,头一天谈价钱时,人家都说了那是最低价,少一分钱免谈,他觉得做人要仗义,出尔反尔不是那么回事呀,其实那钱花得冤枉了。大志买菜大手大脚,胡叔叔也提醒过他要货比三家,但大志认为,眼睛盯在针头线脑上,怎么会有出息……大志的朋友们常来,确实给饭店带来人气,然而,这些人黏糊起来没完,大志还总去凑趣,常常把客人挤到了别人家。"大家把你捧成'柴大官人',你就赊账、免单,我敲打过你,你好像烦我鼠目寸光。大志,你的经营理念没错,敢想敢做,我跟你老爸是没法比的,可就是细节上有漏洞。"胡大叔说,这儿丢点,那边漏点,小本经营怎么扛得了如此折腾?

对呀，假如平时不大手大脚，刨除兑饭店的成本和朋友占用的钱，他不算太赔呢。"要说这小店贬值，全贬在它经营不好，假如让它火起来，3万块钱还抢不到手呢。我真有决心让它换个样子，可惜……"

"好小子。"胡叔叔说，他还有几万块钱的积蓄，愿意拿出来，只当风险投资。他还马马虎虎做得小菜，索性到这饭店掌勺："不过话可说在前头，我必须定期监管账目，赚到钱，你得给我分红。"

这意外的惊喜让大志浑身是劲："叔叔放心，我知道该怎么做了。我保证给您高红利，工资也不会低于前任厨师。"

"听听。老毛病还没改呀，一激动，又大手大脚起来。"

彭大志不好意思地笑了。

一大早，胡叔叔走马上任，发现彭大志已起了大半天，小店收拾得干干净净，几种粥煮好了，高压锅里还煮了满满一锅新鲜的带皮花生，炉子上煮着茶蛋。胡叔叔好奇地问："你搞这些东西做什么？"大志认真地说，这是新琢磨出来的项目，经营得好，每天就可以多赚30多元。他还打听到北广场批发菜便宜，每天又可以省10元以上……胡叔叔哈哈大笑："小老板学会过日子了！"

彭大志像变了个人，芹菜叶子，萝卜皮……全让挤兑做成了小咸菜。服务员取笑他："彭哥真抠！"大志严肃地说："我不抠行吗？人胡叔叔把钱借给我，担多大的风险！让他失望，我往后如何做人。"

迷恋电脑的男孩

很快,小吃店再次火了起来。这天收工,胡叔叔问:"大志,照这么干上两年,你真就赢了你老爸了……"

大志说:"不,我反复思考,再过一个月,春节来临,就是淡季,应当借红火的表象,把这个店兑出去,然后,找家规模大些的,才能施展开来。"

胡叔叔大笑:"到底是大学生,还会说表象。你要是有机会炒股,说不定也是高手。"

很快,彭大志就以高出原价5000元的价格把小店出手,用这笔钱低价兑过来一家经营不善的饭店。春节到了。胡叔叔问大志:"你不想回家看看老爸?"

"不!"大志颇为难,"我一进门,我爸肯定会说,是不是砸酒壶来了啊?您说我拿啥话对答。"

"也好。"胡叔叔赞许地说,"等做出个样子,再给他个惊喜。"

"我迟早让我爸当面承认,他错了。"彭大志胜券在握地说,"春节正常营业。"

也算歪打正着,小城市的人仿佛一夜间也改变了观念,年夜饭到饭店吃,接待拜年客人,也不愿意在家忙活。许多大饭店休息,大志忙得出不了门……胡叔叔眉开眼笑:"大志呀,扶持你,当初真选择对了!"大志感激地说:"没有胡叔叔您的帮扶,我半年前就破了产,现在可能是街头瘪三了!"

大志饭店一旦火起来,趋势不可阻挡。担心让胡叔叔失望,大志不敢松懈,一心扑在事业上,研究饭店的管理、经

193

营。眨眼到了下一个春节前,大志把几扎百元大钞堆在胡叔叔面前:"叔叔,您已经看到了,饭店现有资金,完全可以正常良性运转下去了,这些是您的本金、红利和工资,剩下的,就算是红包答谢。您一定要收下。"

"大志果然有股钻到底的韧劲儿啊。"胡叔叔赞叹道,"知子莫如父,你老爸眼光好毒!"

"我爸?"彭大志不屑地说,"他老人家盼着我一败涂地,好回去向他负荆请罪呢。没想到,老人家的酒壶真要砸了。后天除夕,我就回去看望他,瞧他如何表示。"

"孩子,你老爸半点没看错你。你的确聪明有余,自负也有余。你知道吗,你这几步走过来,正是你老爸一直在背后搀扶着你呀。"

什么?大志简直糊涂了:胡叔叔本来酒量小,是不是一高兴,喝大了?老爸压根儿瞧不起他这个儿子,怎么会背后扶持他,又是在哪儿扶持的?

老爸呀,老爸

胡叔叔说:"做生意,你有天赋;可对于社会、世情,你知道得太少了。你也没想想,我不过是你爸的朋友,就算有钱投资,我可能跟你这初出茅庐的孩子合作吗,那都是你老爸的钱!"

"不对。"大志直摇头,"既然有钱,我借时他为什么不松口,难道我会把这笔账赖掉吗?"

迷恋电脑的男孩

"唉，你呀。"胡叔叔一番话，道出了实情。

原来，大志提出要当老板，老爸担心儿子经验不足，故意说只有那点钱……戒酒的说法，纯粹是激励儿子破釜沉舟把事情做好。见大志果然有失误，老爸总结出了病根，要害是儿子拿他赚的钱不够珍惜。最后逼出这法子，拜托好朋友胡叔叔出面唱这个红脸……

"你不用监督你爸，他的酒已经算是戒掉了。"胡叔叔告诉大志，为了多给儿子积累点后续资金，当老爸的白天把接到的活儿抢修完毕，夜里又另找一份给人守摊子的工作。怕就怕一不小心丢了东西负不起责任哪，这种时候，就是给他酒，他哪里还敢喝呀。胡叔叔还说，他那带录像功能的手机，也是大志老爸给他配的，他每天录回一小段大志的影像，老爸总是看啊，看啊……

知道了事实真相，彭大志一下子呆在了那儿。老爸呀，老爸，为了儿子的成长，您那颗苍老的心都操碎了；可是做儿子耿耿于怀的，却是奋不顾身地去赢得那次打赌，什么时候想过他的感受……

不能再等到后天了，彭大志立即亲自掌勺，做了几样炒菜装入保温瓶。他今夜要去陪老爸一块儿守摊子。他知道，老爸最得意的，就是把酒烫得热乎乎地喝，他烫了一壶酒，贴肉藏在怀里。那温乎乎的感觉，让他一下回到小时候：爸夜里搂着他，就像他紧紧护着这酒壶……

社会万花筒之中国好故事系列丛书

宝砚轶事

　　华侨富商周镇修先生突然回到高峡县，说是有回家乡投资开发旅游事业、借以回报桑梓之意向。这消息如同滚油锅里泼进了一瓢冷水，整个高峡县沸腾了……由于地处偏僻，交通落后，高峡县一直是国家级的贫困县，为招商引资把领导的脑袋都愁大了，这回财神爷不请而至，好家伙，五大班子主要领导一个不缺地陪宴。宴会进入高潮时，周先生说，听父亲讲，他的故乡是高峡县的朱刘村，父亲让他先去朱刘村了却先祖父的一桩心愿，然后再商量有关投资问题。

　　这话让领导们个个莫名其妙。查问有关部门，均没听说过有这么个村名，可别是后期辖区划分，给割到邻县去了呀。先稳住周先生，全县动员搜索信息。然而，不但本县没有，就是周边几个县，也没找到"朱刘村"这个村名。最后，还是搞县志的专家提供一条线索，二十世纪三十年代有过一个叫"浊流村"的村落，因为有座大庙，当时相当繁

迷恋电脑的男孩

荣，后遭到日寇血洗渐至衰落，八十年代退耕还林，目前已无人居住。这周先生也是听他前辈人说起，会不会是年代久远，把"浊流村"错记成了"朱刘村"？

周先生果然只是听父亲说起，他本人也难以确定浊流村是不是他要找的地方："父亲叙述，那地方两面高山，西坡有棵中心枯烂的老榆树。"

通过联系，那边派出勘察的人回答，原浊流村确实两面高山，有一棵中心枯烂的老榆树，然而，它不在西坡，而是在东坡。

管它东坡西坡，时过70多年，老人家记忆也未必准确。周先生同意实地看一下。

第二天，周先生被官员们簇拥着来到那棵老榆树下。但见此树粗过两人合抱，形如巨伞，孤零零地矗立，距地面一人高处有开裂疤痕。周先生深情地拍着树干，许久，点点头："我可以给家父一个满意的答复了，就是它。"陪同的县领导悬着的心这才放回原处，投资的进展顺利与否，完全取决于周先生的满意程度！周镇修的秘书取出一个仪器，在树上勘测了好半天，让周先生亲自看。周先生看过后，却失望地冲领导们摇头："你们看，这树心虽枯，腐烂的空间只有拳头大。家父描述，那棵树膛中是烂了很大的空洞的。"

究竟是怎么回事？领导们大眼瞪小眼。最后，县委书记发了话："周先生是不是有难言之隐啊？假如需要我们配合，只管开口，高峡人民定会上下一心，不遗余力地帮助。"

周先生说："家祖父临终时，留下遗嘱……先听我讲一段故事吧。"

　　远在唐朝时期，长白山的渤海国在给唐朝的贡品中有一块美石，唐皇感觉此石非俗，便让宫中巧匠精心雕刻成一方砚台。这砚台雕得匠心独具，乍看为一方双池大砚，四周的图案是凤喙衔龙尾，龙头接凤尾；奇特的是此砚分开又变成了两块小砚，一块上是龙图案，另一块是凤图案。皇上大喜，将砚台赐名为"龙凤呈祥"，爱不释手。

　　后来，黄巢攻入长安。黄巢也是个喜欢舞文弄墨的才子，倾慕那宝砚不止一日，然而，搜遍皇宫，宝砚踪影皆无。这两方御砚哪去了呢？直到宋时，苏东坡得之于民间，并在上面刻字；而后，此砚被贡给南宋高宗皇帝……改朝换代，这两方宝砚几经帝王、名士把玩、题款，最后，到了明朝英宗皇帝手中，英宗皇帝更是视若至宝。

　　英宗皇帝后来被瓦剌也先掳去。当时许多重臣作鸟兽散，而一位周姓侍卫紧随皇帝左右。有一次为保护皇帝不被污辱，他与瓦剌士兵争斗，被打坏脑袋，成了时好时坏的痴呆。皇帝感激他当时的赤忠，不但没嫌弃，反过来照顾他。

　　后来，英宗皇帝复辟。周侍卫有了出头之日，可他脑残不能为官，英宗便封他侯爵，赐宫女为妻。在逃难中，英宗皇帝的那对宝砚不慎丢失其一，只剩下一块凤砚。他感觉不甚吉利，便赐给那位侍卫，成为周家的传世之宝。

　　周家世代为官。到了明亡清兴时，一位子孙为了邀宠，曾经把宝砚献给乾隆皇帝，经名家鉴定，此玉竟然是长白山中的松花玉！清帝喜不自禁，赏晋宝者做了官；而周家另一

迷恋电脑的男孩

坚决反清的子孙闻之伤心欲绝，竟自阉其身，隐姓埋名进入宫中当了太监。这太监费尽心机，终将宝砚盗回交给家人。由于担心朝廷追究连累家人，致使宝贝再度遗失，这位饱受苦楚的祖先，竟远走异乡，然后自焚而死……

"实不相瞒，我回乡主要是替家父看一眼那块宝砚。它是先祖父亲手藏匿于这棵榆树中的，绝无第二人知道。你们看，此树本无洞隙，怎么可能藏匿住那么大一块砚台？"周先生百思不解。

财神爷不高兴，县领导岂不着急？于是火速由公安局牵头，组织人员分析原因。据周先生回忆，那么大的一方宝砚，还是装入瓷坛密封，那瓷坛的体积该有多大？这说明除了这棵老榆树，应当还有一棵，会不会早让人伐掉了？

这推论反馈到周先生那里。先生权衡再三，对县领导说了实情："其实，我叙述宝砚的故事有不实的成分。"

莫非宝砚不存在或者是没有那么大？

"不是。"周先生沉吟道，"对于宝砚的描述不会有太大的差异，关键是那宝砚不姓周，它实际姓郑啊。这宝砚在抗日战争时期，又重复了一遍相似的经历。"

自从找回宝砚，郑家祖先逃到了偏僻的高峡县，在浊流村落户。然后告诫子孙，今后读书行医经商均可，唯独不得为官。后人遵循祖训，小日子渐渐富裕起来。可没想到，这工夫，日本人攻占了高峡城。

日本人采取以华治华的策略，迅速在高峡建立汉奸政府，委任伪县长以下一系官吏。郑家此时有个在学校教书的，尽管祖宗留下遗训不许后人为官，怎奈此公是个官迷，入行后一步步往上爬，终于当上了校长。当上校长后，觉得这也不算什么正规的官，连品级也没有，至少得当个县长什么的，那才不枉人生一世。恰在此时，日本人来了，他便与派驻学校的日本副校长交往密切。在某次交谈中，他得知管辖这一带的最高长官酷爱中国古董。此公一听，心花怒放：那宝砚再好，也不能卖钱；假如献给日本人，换个官做，岂不实惠？

　　主意打定，这位校长回家祭祖。闲谈间就煞费苦心地打听宝砚的事。家长是他大哥，本来对弟弟为日本人做事很反感，听到他关注起传家宝，立刻警惕起来，对此事绝口不谈。那汉奸岂肯放弃，回去跟日本主子一番密谋，决定栽赃陷害大哥以达到目的。他们安排了一个假抗日分子，到郑家避难，紧接着被捕，供出了郑家家长反对日本人的言行。这样，日本军警把郑家翻了个底朝天。翻完了，校长才假装迟迟得到消息，急忙赶过来解围。令他们失望的是，搜是搜了，却没找见那块让最高长官魂牵梦萦的宝砚！

　　汉奸校长不甘心就此罢休。回去细想，宝砚他当年也只是见过一面，如此珍贵的物品，不会走出郑家，肯定被大哥密藏到无法找到的地方了。可大哥那脾气，就是杀了他，也不会把传家宝献给外国人。官迷心窍的汉奸很快又想出了一条毒计……

　　这天傍晚，校长派人给大哥送去一封密信，说是那位假抗日志士经不住刑罚，又把郑家咬进去了，建议大哥一家避避风头。大哥当即回复，感谢弟弟不忘骨肉之情，冒险替家人着想，乞求兄弟尽量在日本人面前代为斡旋，这样可以争

迷恋电脑的男孩

取一点准备时间,他两日内一定想法离开。

汉奸校长接到回复,得意得哈哈大笑。大哥被逼出逃,他就是抛舍所有财产,也不会不将那宝砚随身携带。日本人只要锁定大哥的行踪,于关卡处一搜,宝砚唾手可得。

可汉奸没想到,大哥本来已对他有所戒备。收到信后,当天夜里,把全家20多名成年男丁召集到一起,说了自己的疑虑:"老话说,不怕贼偷,只怕贼惦记。日本人两次光临郑家,怕是你五叔在背后使了劲。他现在权欲熏心,我们防不胜防啊。"当家的嘱咐,全家分头出逃,但传家宝不能带,至于它藏在哪里,为安全起见,他只让几个稳妥的子弟知道。

第二天,郑家人秘密分头出逃。不出当家的所料,日本人果然四处设伏,搜查仔细,此时如果把砚台带在身上,恰巧中了对方奸计!日本人在郑家人身上没得到要找的东西,不由恼羞成怒,便以通匪罪名,把当家的和几名主要男子投进监狱,然后,伺机让校长走狗劝说他们:破财免灾,把砚台献出来吧。这边日本军警准备倾巢出动,要把郑家一草一木全给折腾了,然后掘地三尺,不信找不到那么大一块砚台!

哪知就在日本人出兵的前夜,天气陡变,随即霹雳电闪,浊流村一带遇到了百年未见的暴雨。大雨过后,日本军警赶到浊流村,个个目瞪口呆:郑府已被洪水夷为平地,连残砖碎瓦也给冲进了河道里……

郑家和宝砚同归于尽,日本人只好不了了之。

再说那个汉奸校长,他有一个儿子郑效瑜,16岁了,因很讨厌父亲的为人,父子俩貌合神离。大伯开会时,他也在场。万万没想到的是,大伯会后把他单独叫到一处,对他说:"孩子,大伯知道你有正义感,耻于跟日本人同流合污。咱家的传家宝可能要靠你了。那宝贝我藏在……"

郑效瑜感动得热泪盈眶:爹爹那么无耻,大伯却没把他当外人防着。待看到大水冲走了祖宅,郑效瑜特别伤感绝望,他站在桥上,望着滔滔大水,仰天长叹:"老天爷,我郑家难道就这么完了?"郑效瑜无意中一低头,突然发现桥洞的某一桥孔内,塞着许多乱柴草,而柴草当中,塞着一把破旧的太师椅。郑效瑜对着洪水大放悲声,老天可怜见,这乃是郑家之物!原来洪水涨高到桥孔时,椅子随水而下,被桥孔塞住。大伯曾告诉他,传家宝就藏在这废弃不用的太师椅底座下。无情的洪水做了一件好事,硬是从侵略者眼皮底下,把传家宝给转移到了安全地带!

郑效瑜掏出一块光洋,找到一个胆子大的乞丐,让他沿着绳索,下去将椅子搬了上来。他悄悄将椅子拆开,那里面藏着的可不正是宝砚!郑效瑜买了只当时很流行的咸菜瓷坛,把砚台装好,上面用蜡密封。藏到哪里呢?他想起儿时在山坡上疯闹,发现那棵老榆树心有空洞,就把瓷坛放进树洞里。郑效瑜不屑于跟汉奸父亲一起生活,他跑出山沟,投军杀敌,战斗中表现英勇,最后当上了国军一名连长。

郑效瑜为人谦和,跟部下相处很好,与副连长和几个排长先后结为生死弟兄。1944年,郑效瑜所在的团被日军围困,苦战多日,未能突围,他的连队伤亡过半,几乎不能支撑。连长便把几个生死弟兄叫到一处，讲了他们传家宝的故事，最后表示："传家宝不仅是宝贝，它更是我郑家反抗日本侵略者的一个象征，我们全部阵亡，那是天意；如果有一个活着出去，那就一定要把它找到。找到后，宝物归此人所有，但他一定要向我们的后人讲述宝砚的故事，至少证明一下，老郑家虽出过汉奸，但仅仅一例……"

次日凌晨，全团拼死突围。郑连长和其他弟兄全部战死，只有副连长一人逃离死神的魔掌。可是，日本人投降后，已是营长的副连长奉命打内战，没有时间去高峡县实现大哥的遗愿。南征北战数年后，他又撤退到了台湾……老人家朝思暮想，有朝一日回大陆把这事办了，不能让宝砚沉睡在老树里。好不容易盼到两岸解冻，而此时老人已重病在身，不久离开了人世……

"他就是我的爷爷。"周先生感叹不已，"爷爷把遗嘱留给家父，可家父身体也不太好，就把这一接力棒交到我手里。假如，我完不成这件事，我如何对得起祖父在天之灵，如何对得起那位血洒沙场的郑老先生……"

所有在场的人都被深深感动了。县委书记和县长一齐表态："周先生放心，开始我们关心投资问题，听了宝砚的故事，我们改主意了，我们会不遗余力地帮助先生找到那块宝砚，让那块凝聚着民族精神的国宝重见天日。"

高峡县连夜召开常委扩大会，由县长亲自牵头，派出得力精干人员，遍访郑家和浊流村有关信息。也是不幸中的万幸，他们竟访查到一位知晓老榆树位置的老人。老人回忆说，浊流村当年西坡上确实有过一棵老榆树，但是不长在半山腰，它长在山脚跟的一道壕沟里，解放后不久，这里暴发山洪，那棵树被泥石流掩埋，只露出上半截，后来就枯死了。大炼钢铁时，那枯死的树干被贴地皮锯掉，填进了小高炉……

有这了线索，找到遗留部分的树干就比较容易了。县里责成有关部门，将现场封闭，调去挖掘机，经过几天的奋战，枯树根部重见天日，老榆树在泥土下埋了近60年，树皮早已烂光，光滑的树干居然基本完好，树干距离最初地面约两米高的地方，有一个窿窿，这就是郑先生描述的树洞了。仪器探测显示，树洞里安放着一只瓷坛，只是树洞被泥沙淤满。工作人员小心翼翼地将树洞内的泥沙掏尽后，应市、县领导之邀，周先生双手颤抖着探进树洞内，捧出一只普通的瓷坛。顿时，相机如闪电，掌声似雷鸣！

市文物局的领导握住周先生的手："我们已经向上级请示过，宝砚虽然出自地下，但它又确实是郑家家传之物，您作为郑先生赠予对象的继承人，又千辛万苦地寻找到了它，此国宝应当归周先生所有。"

周先生的神色严肃起来："我知道宝砚的价值。但我更知道还有比宝砚更珍贵的东西。中华民族原是一家，让它留在故乡，我想更是老前辈的愿望。"

周先生的慷慨豁达让在场所有领导为之动容。是啊，两岸本一家，情同手足。与周先生这样深明大义的伙伴合作，前景还用得着预测吗？

迷恋电脑的男孩

怕他不认真

周宏利有段日子整天纠结在希望与失望之中，可以说是度日如年，他这是怎么啦？

周宏利是本市小有名气的作家，他在群众艺术馆工作了二十多年，业绩突出，在领导和同事那真是有口皆碑。但是，老周的命运不好，每到涨工资或者评先时，他总会因某种原因落选。老周想，先胖不算胖，后胖压塌炕，我平时吃小亏，将来有大实惠时，就是轮，也轮到我老周了。果然，这一年，他到底迎来了好机会，上面下拨几个副高级职称的名额，他周宏利够申报条件！

馆长在动员会上详细宣读了申报的条件，最后强调，无论你软件硬件多么充足，有一条是必须过关的，那就是有职称的人，英语必须过关。咱们所有具备条件的没一个懂英语的，怎么办？人事局办培训班，每人只要缴纳相应的费用，就可以脱产到培训班学习。狼多肉少，这个大家心里谁没个数呀,把部分人挡在英语大门外,将来省着费口舌呀。人事局这回一定是认了真。

认真?周宏利盼的就是这两个字,他就怕上面不认真。单位有申报资格的几头蒜,肚子里几滴墨水,他老周可以说个个了如指掌,不管学什么,他学一天,起码可以顶别人一星期的。考吧,凭成绩说话才公平,他老周怕的是不认真。

周宏利交了钱,加入到培训班里去。可是一到那儿,才知道人事局完全是为了捞钱,哪有个像样的老师呀。老师上面讲课照本宣科,学员在底下各忙各的,中午,都喝得一塌糊涂,而后就是睡觉,像这样,即使学到死,也不可能闯过考试关呀。周宏利有些糊涂了,人事局难道不注意自己的形象,这些学员考得乱七八糟,明年他这班怎么办,去哪里捞这笔钱去?

看着同事们稀里糊涂的样子,周宏利暗笑,让你们混日子,将来有你们好看的。他天天在心里祷告,人事局呀,我的青天大老爷,您这回一定要认真,只有认真,才有公平可言。

很快迎来了考试。一个消息把老周惊得目瞪口呆:上面突然网开一面,说申报纯文系列职称的,因其专业特殊,可以考古文代替英语!这都哪儿跟哪儿的事呀,周宏利百思不得其解。一位女同事取笑他:"怎么样,瞧你那股悬梁刺股的劲儿,是不是以为稳操胜券了?你没动脑子想想嘛,人事局办这种班的目的是什么,他当然有办法自圆其说。考你的古文去吧。"

迷恋电脑的男孩

古文就古文，周宏利冷笑了一声，虽然我让人事局耍了一回，但是，古文恰恰更是他的强项，是雌是雄，咱考场上较量！

周宏利终于坐在了考场的课桌上。

刚坐下，就进来三位胸前戴着红标签的成年人，一男二女。标签上分别注着，副监考、监考。三位往前面一站，说："今天这场考试，可能对各位的命运大有影响，希望大家珍惜这次机会，一定要认真对待。"周宏利听得这个舒坦呀，对呀，这叫知识分子，不认真还了得。宣布完毕，副监考退场，由监考老师发卷。周宏利一看，哇，这题也太对老周的心思了，他答起来不费劲，可那些不学无术的同事们，你们哭去吧。老周高兴得全身微微发抖，活该他扬眉吐气，别说本单位，就是全系统算，夺取高分的除了他，再没第二个！

周宏利把试题大略游览了一遍，拿起笔刷刷答卷。就这个题量，规定的两个半小时，他一个小时足矣。然而事情并非像老周想象得那样顺利，他刚答完一小部分，前面一位女考生就回过头来，声音挺大地问："周老师，那孩（陔）下歌的作者是谁呀？"

周宏利依稀觉得此人面熟，却不知道人家怎么就知道了他姓周！他偷眼看前面的监考，这么大个人，让人批评可真没意思了。但是，人家两位监考坐在前边嗑着瓜子低声聊天，根本不往这边看。周宏利清楚，如果不告诉她，那这卷子就休想答下去，只好低声说："项羽。"

"下雨？"那考生瞅了一眼窗外的雨，"我没问天气，

207

我是问……"

　　这时，周宏利故意放大了声音："我是说，那作者是西楚霸王项羽。"

　　这一声，全场人都听见了，监考老师也站了起来。周宏利暗暗庆幸，好，他现在不再怕监考老师批评了，他巴不得挨对方训几句，这样，就可以借口不敢违反考场纪律，不理那些人，就可以安心答题嘛。

　　谁知道那老师朝周宏利友好地笑了笑，然后，像是对全场考生说："没关系，像这样的题，就是让我抄，我都不知道答案在哪。机会只有一次，哪个过关不好？谁心眼会那么坏呢，是不是。"

　　周宏利只觉得眼前发黑，大脑霎时一片空白。谁那么坏？我既然可以随便抄，你们装模作样地考什么试，干脆收完报考费发证得了。老周委屈呀，他满肚子学问半点用不上，眼睁睁就被共了产！但是，他不能抗议和反映，那样，他就成了一个害群之马。这时，前、后、左、右纷纷探过身子，有看他答卷的，有问他题的，甚至有伸手拽他的答卷想直接拿过去抄的！老周简直要崩溃了，他干脆冲大家拱拱手：声音大得隔壁都可以听到："你们这儿乱吵，我都蒙了。我先答完再讲行不行？"这一声起了效果，后面有一位考生主动帮他维持秩序："大家耐心些，周老师答不完，大家想抄也抄不到了。"

　　于是考场静下来。但有的干脆不答了，专等老周最后解疑难。

迷恋电脑的男孩

老周手里答卷,心里却静不下来,这样考下去,他毫无优势可言,那个副高指不定落在谁头上呢,想想本馆有位正高,连年终总结都写不好,周宏利感觉心底一阵悲哀,就这么办吧。

老周急匆匆答完卷子,粗略算了一下,怎么也有85分以上,不答了。我就是答得再完美,这样的课堂纪律,还不是水涨船高,资源共享,凭什么?他皱着眉头告诉监考老师,说自己突然犯病,坚持不下去了,想交卷。两位监考这时却认了真,她俩看了看表,说,再稍忍耐一会儿吧,考场有纪律的,人事局长亲自发过话,不超过一小时,不许放人出去!"你出去,我们没法交待呀。"

好不容易又等了一会儿,周宏利到底被放行。他决定把试卷亲自送到监考老师手里,心想,这回总行了吧。哪知道他前面那位女士比他行动还快,监考还没接住,就被她半路截了去。老周此刻像是只无助的小兽,傻傻地站在那儿。直到监考提示他:"赶紧去医院吧,还等什么?"这才憋着一肚子委屈,冲进了大雨中……

事情过去了好几天,周宏利突然碰上一位新华书店的老学究。他见了老周,非常友善地打招呼,又说到那天考试的事:"你怎么偏偏在那关键时刻生病?你那答卷我参考了点儿,不过,你有三个空6分题没填,我帮你写上了,秦朝三公是太师、太傅、太保。"

什么?我的老夫子,周宏利的汗当时就下来了。他当场没答上,回家就查到答案,是秦三公丞相、太尉、御史大夫，谁让你瞎认真？笔迹不同，等于在试卷上留记号，万一主考单位这回认了真，试卷是要作废的！当晚，老周喝多了酒，睡梦里哭，把老婆都吵醒了："求你别他妈的认真了！"

几个月后，成绩颁布，自然参差不齐，唯独老周是零分，人事局终于认了回真。

老周跟馆长说明冤屈，请求能否跟上面说一下，给自己个机会。那考试纯粹是扯淡的，说明不了任何问题。馆长盯了他半天，说："这话你自己说去吧，自己得了零分，反说考试不认真，没说服力呀。"

后来，老周发誓，终生不申报职称。但这也挡不住别人工资蹭蹭涨呀，更可气的是，有人背后嘲笑他："如今这年头，信什么也别信宣传。咱市群艺馆有个作家，古文考了零分，他怎么寻思着答来着！"

姨妈的技巧

表妹韵秋高考成绩出人头地，把姨妈高兴得说话都变了调。姨妈跟我说，韵秋报考了清华国防生要体检，还要谢师，当妈的不出头说不过去了，她的小水果店想请我照看几天："好办呀，只要别让人认为黄铺了，只要别让人把你都买走就算完成任务，怎么样，帮姨妈一回？就三天。"照看一个小店，对于本研究生来说，那是小菜一碟。可我留了个心眼："姨妈，您一天大概营业额是多少？"姨妈回答，那没准，多的时候过千，遇上倒霉的淡季，500也是它。有了这个底线，我雄心勃勃地当上了临时老板。

小时候卖过野菜、瓜子，接待顾客我不会怯场，你买什么我收什么钱，不就是看好货物记好账嘛。姨妈的小店不大，除了水果，还有饮料、香烟什么的，我眼珠子瞪得溜圆，每一笔账都记得清清楚楚。我可不能让哪个捡了便宜，那岂不是对我智商的嘲讽？哪知道辛辛苦苦忙活了一天，双腿站得生疼，结算时我傻了眼，营业额只有360多块！

这不对呀。我不但尽力而且清白，没拿姨妈一分钱，可姨妈说，她倒霉时"500也是它"，我怎么差那么多？我把当天营业中每一个细节认真回忆，没有漏洞。也许今天是创纪录的倒霉？它怎么偏让我遇上了。如实跟姨妈汇报，姨妈很高兴地说："挺好。完事时姨妈好好谢谢你。"

第二天客流似乎多了点儿，但买的都是小份儿。我急啊，假如姨妈不在场时，我打破她的营业纪录，那才是研究生水平。可任凭我再急，顾客不进来我还能上大街拽去？更让我生气的是，有些人拉开门，冲我看一眼，转身走了。什么意思？本小姐相貌、风度在大学里都有口皆碑，至于给吓跑了？胸口堵得慌呀，堵到晚上一结算，嘿，比昨天还要少10多块！

姨妈仍然那话："挺好挺好。完事时姨妈好好谢谢你。"

"可是我耽误您赚钱了。"我感觉好没面子，"您都上千，我这……"

姨妈拍我的肩膀："卖不出去，不有货在嘛，你又没给扔了。孩子，你不能跟姨妈比，姨妈干多少年了。"

姨妈这话逻辑性有些欠缺。我想，这不是书法、体育什么的，您干多少年顶啥呀，莫非拿秤杆算计人？这我可不敢。我把希望寄托在最后一天上，顾客上帝，你们给我点面子好不好呀，我心里祷告着，只恨时间过得快。然而到了晚上，不用结算也知道，这最后一天是最少的！

一天可能是偶然，三天应当说明问题了。我经营上没露

迷恋电脑的男孩

破绽,那肯定是姨妈玩了小技巧。生意人小心眼,担心我贪污她的钱,故意横那么高的标杆制约我……疑人不用,姨妈也太那个了。

我当姨妈的面叹气:"死不瞑目呀,我没发现哪儿错了。"

姨妈说:"姨妈做了20年,当然比你有技巧。反正你歇暑假,明天现场观摩一下?"

当然。要的就是这话,我倒要看姨妈她如何把"过千"的谎言给圆了。

第四天,我紧随姨妈去了小店。我若是落了后,担心她作假,比方说刚才卖出去多少多少。哼,我这研究生也不是白给的。

刚开门,进来一个中年人,那双眼睛漫不经心往摊床上扫。顾客大都这德行,他就是心里想买,也摆出一副不屑一顾的样子来摧垮你的心理防线,这三天我算是领教了。看姨妈能伸手去他兜里掏钱?

姨妈立即站起来,满面春风:"哎哟,老顾客了,您总是照顾小店的生意。红光满面的,最近有大喜事吧?"顾客只微笑不作答,选中一只西瓜,又要买桃子。姨妈摇摇头,低声说,这批桃子味道一般,有新上的荔枝特新鲜。结果那顾客买了40多元的水果。临走时,姨妈朗声道:"先生走好。瞧这步伐,跟小伙子似的。"

这不算什么,老熟客我可没有。中年人刚离开,又进来三位,门外还有两个似乎在考虑进还是不进。这三位仿佛走错门似的,随时准备撤退的样子。姨妈呀,这回您怎么办吧?

213

姨妈眼睛一下子就亮了:"老顾客,您又照顾小店生意来啦。今天有新上的荔枝,还有绿葡萄。您说现在这日子,只要有本事赚钱,想怎么享受,就怎么享受。"这一张罗,门外的两个人也随着进来,很快,100多元收入姨妈囊中。

又认识。绝对是运气。我那三天从没来这么频的,更没有同时进来三个人过。正感叹呢,又进来两个挽胳膊的。这生意我也能做,因为那女孩两眼直奔水果去了。

姨妈赶紧说:"小伙子你好,感谢照顾过小店生意。哎哟,是女朋友?这么漂亮水灵的姑娘,孩子你可真好福气。"

男生一下子阳光起来。挑水果时,姨妈微笑着对那女孩说:"姑娘,还是你有福哇。你瞅这小帅哥多体贴人。现在这样的年轻人,不多见了,你是修几辈子德才找到了他。"女孩被夸得陶醉了。称完几样水果,男生掏出一张百元币:"阿姨,钱不用找了,您随便添点什么就成。""那可不能随便,阿姨做生意,一是一,二是二,何况你是老主顾,必须优惠。"情侣离开时,姨妈还微笑着向他俩祝福。我看见,这俩人走出好远,还回头遥望姨妈的店牌,那是准备下次再来。

得,不到两个小时,就超过了我全天的业绩。

怪不得姨妈说她有功夫,确实是技巧。这么多熟客,运气是一方面,难为她能一一记住,换我可不行,这比背概念、公式难得多。

"姨妈,这么多人,您全给记住,脑袋太好使了。"

姨妈淡淡地说:"是有老熟客,可今上午一个没来。你瞅，周围这么多竞争对手，可能这三天没见到我，以为是换了老板。"

"不对。"我说，"你明明跟好多老顾客打过招呼嘛。"

"噢，那是跟他们瞎套近乎，上午这些一个不认识。不过，下回就是熟客了，我也在努力记。"

"套近乎啊。"姨妈的技巧在这儿。

姨妈摇摇头："不是套近乎，丫头，这是套效益。"姨妈说，接待顾客有学问，关键是如何把对方留住，如今的顾客大都猴精，谁不知道货比三家呀，你认他是老顾客，这会让他觉得踏实，哪有坑害老顾客的商人啊。姨妈还告诉我，她炼就了一双火眼金睛，根据穿着、走路和面部表情，差不多就能确认是当地的还是过客。如是过客，她会有相应的接待词，总之，是让人高兴。

"如果是过路的，您就宰他一下？"我好奇。

"坚决不行。"姨妈严肃地说，"你不可以确定人家这是最后一次。有一回，一个外地人在这儿买了水果。我热情接待，公平交易。谁知道他是护送领导住院来的，认准这个门，接连来过几次不说，遇有探望领导的，他还往这边介绍。"

如此说来，我营业效益上不去，也就在情理之中了，这跟学历、长相风马牛不相及。

"可是最初来的那位要买桃子，您为什么说桃子不鲜？后来桃子照样卖……"

"这个，是小阴谋。桃子不错的。"姨妈笑了，"那人像是有点身份，必然虚荣。我暗示他桃子不鲜，他不好意思坚持省钱了，还会觉得我为他着想，果然就买了荔枝。你想呀，荔枝20多，桃子才3元，利润我就不说了。老话讲和气生财，顾客有亲切感，姨妈有成就感，这能不和谐能不生财嘛。丫头，姨妈还要奖励你呢，说，要什么？"

恍然大悟。姨妈所说"有本事""有福气"的奉承话，其实是让对方心甘情愿消费的攻心术。我什么也不要。姨妈教给我的知识，会让我终身受益。姨父去世20多年，一个女人，独肩挑起一双儿女，并且都供上了大学。她那技巧不小，是大技巧呀。

迷恋电脑的男孩

钝刀锯肉

多少年以前,生产队被上级逼着学大寨修梯田,粮食却埋在雪里没抢收完。这天一早,有人望见东坡的苞米堆子有新翻开的痕迹,认定是让人夜里偷掰了棒子!刚上任的队长立即带着队委会一行五人去了现场。现场只有一行脚印往返,是一个人作案无疑。大家估算了一下,丢失的苞米脱了粒,大约五六十斤的样子。

"翻!"副队长火气大,"咱们没日没夜挖梯田,这狗日的偷一回,我俩月的工分换不来。"那个时期丢了东西,怀疑哪家偷的,可以随意翻搜以证实清白,不犯法的。

队长姓贾,后来成了省级故事家,还受过联合国教科文组织的表彰,这人聪明得很。他瞅了瞅四位部下,摇摇头:"不能翻。贼有贼的想法,这东西连夜脱了粒,推成面,穗子烧掉,咱万一搜不出来,怎么下台阶?开会,让他自己招供出来。"

我当时担任着会计,听了这话暗自好笑。眼下天天开会，小青年打情骂俏，老头子打盹抽烟，都开油了，谁当回事呀，那小偷怎么可能承认。

上早工时，贾队长当众宣布："大伙都知道丢苞米了吧。今天晚上开会，把小偷揪出来，少一个也不中。"

当天晚上，老贾早早候在队部。果然，全队社员一个不少。老贾发表讲话，先交待了当时流行的"坦白从宽，抗拒从严"的政策，接着又说："往日，咱一有事就找四类分子。这回我知道是谁干的，跟地富反坏一点关系没有。这小偷是个贫下中农，多大岁数呢，我先不说破，让他自己考虑去。"

说完这些，他告诉大家稍微休息，让饲养员换只大灯泡，照得屋里锃亮。老贾说，这回大家相互看看，看哪一个是贼，他做的什么事，都在脸上写着呢。

"怎么样，大家心里有数了吧？"大伙乱看了一阵，没底呀，都好奇地等待看新队长演什么戏。老贾点点头，"我不打算马上说破，给他个机会。今天晚上，他是不太想承认。好不容易偷回家，怎么可能轻易吐出来？不过，我告诉你，想蒙混过关，是不可能了。念你是贫下中农后代……完了，我不小心泄露出来了，这个贼是个年轻的。要是自己承认了，还算坦白，从宽处理。不戴帽，不游街，也就是从口粮里罚点得了。今天晚上就到这里，大家回去躺被窝里琢磨琢磨，我今天点的这个人是不是小偷，我对他算不算仁至义尽。明天晚上接着开，散会。"

我陪了一晚上会，心里不服。不如听副队长的，当时立即搜查，说不定销赃不彻底，能发现蛛丝马迹；这么敲山震虎，那小偷就会自己站出来？除非他是傻子！现在，他早已把痕迹全部消除干净了，想破案更难了吧？心里把队里这些人数算了一圈，不怎么样的有十几个，都像，又都拿不准。管他，我是做记录的，抓不出小偷来，我看你老贾怎么下台。

第二天晚上，又是老贾的专场演讲。这回不提地富反坏了，他不点名地跟小偷对话："我告诉你，你昨天一宿没少盘算，想什么呢？你想滑过去。那你太傻了，你滑过去，我这个队长还有脸干下去吗？"

老贾突然停下，挨个朝与会的社员点头。点了一圈，冷笑道："大伙都知道是你了，你跟我对眼时，那眼光躲闪着，你自己糊弄自己呢？你坐得挺稳当，还在那里侥幸，其实大伙眼光都往你那边斜呢，你就一点没发现？大伙说说，是不是知道小偷是哪个了？"

会场"嗷"的一声炸开了："是！"

我没响应，我不知道是哪个呀。想听听哪个人没喊，或许他就是贼？可喊的人太多，我判断不出来呀。只听老贾又说："你跟我玩藏猫呢。你当然要答'是'了，你自己偷了苞米，能不知道谁是小偷？说实在的，我跟你家沾点亲戚，照顾你爹妈的面子，才给你这个机会，要不然，我早领人去你家了。你别给脸不要，我是实在不好当面揭穿。这样吧，我这两天也跟大伙调查过一阵子了，这小偷名字已经写在了纸上，现在交给会计。明天晚上开会，你再不承认，就当众揭开。这一揭，那问题就严重了。我只能让大队派民兵把你绑送到山外，该押就押，该判就判……到那里，你别怪我不讲亲戚情面,我实在是想帮也帮不上了……"贾队长说罢,掏出一个报纸糊的小包,递到我手里,宣布散会!

这个老贾,他搞什么名堂。这两天修梯田,他检查质量,倒是挨个田埂跟干活的说话,内容没听到,到了我这里,就问家庭的事,根本没涉及偷苞米呀,他防着我吗?我又不敢与别人探听,像我跟小偷有关系似的。回到家,我想办法把那纸包揭开,嘿,里面什么也没有!

我简直有些可怜老贾了。小破队长当得真不容易呀,明天晚上,那小偷不承认,看他如何面对广大群众吧?煎熬了一宿没眨眼,我想,我比那小偷还受罪。

好不容易等到天黑,因为今天要"揭盖子"了,大伙都想看看是谁最后出丑,热情更高涨了。

老贾宣布开会。他问我:"会计,昨天我让你保管的纸包呢?"

我连忙掏出来递过去。他接过,冲大伙扬了扬:"最后的机会了。大伙说,我老贾算不算仁至义尽?"

会场一片高呼:"算!""太够意思了!"

喊声未落,炕角站起一个年轻人,原来是沟岔住的李士才,他两眼含泪,话都说不囫囵了:"大姑父,是我拿了苞米,我对不起毛主席,对不起贫下中农……"

老贾点点头,声调特别平和:"孩子,你这是人民内部矛盾,承认了就好。大伙都在这儿,给他拍拍巴掌,他还是阶级弟兄嘛。"

李士才坦白了他偷苞米的经过。那天夜里阴天,他感觉机会来了，就摸着黑偷了苞米，回家就跟媳妇剥了粒子，装进口袋，玉米骨头（穗子）塞进灶坑里烧掉……原以为接下来下场雪一盖就万事大吉，没想到，后半夜天又晴了，这才露了馅。

贾队长说："坦白从宽，这事就不往大队报了。会计，你把这纸包拆开，让他自己看。"说着，那纸包又递回我手里。

我边接纸包边想，里面什么也没有啊？想提醒，那不等于承认我私拆看过了吗？可当我打开纸包，一下子愣住了，里面有一薄薄的卷烟纸，歪歪斜斜地写着"李士才"三个字！

此后，贾队长开会破案的故事越传越神，传到了外公社去。

我心里始终有块疙瘩啊。瞅机会，就问老贾："您早知道是那小子，直接揭露不就得了，何苦熬三宿油。对那种小偷，还客气什么？"

"我知道个屁呀。"老贾哈哈大笑，"不过，猜测出这个贼大体是谁，也不是很费事。你想啊，地富反坏天天挨斗，借他个胆也不敢做这事呀，剩下成分好的，也就那么几家，刨去腿脚有毛病的，也就十几个了。你没见雪地那脚印吗，鞋特别大，底纹还是新的……"

"噢，我明白了。"我接话道，"这样只剩下四五个穿较新鞋的年轻人了。可这四五个，没抓着手腕，谁也不会承认。"

"所以开会吗。李士才早在我怀疑之内，平时他仗着成分好，开会总是磨磨蹭蹭，这回，他来得最早，就想证明他不是小偷，越是这样反常，就越是引起我的怀疑。"

我点点头："您白天跟社员们聊天，并不是说偷苞米这件事，原来是敲山震虎，让他心惊肉跳。"

"对。包括开会，别人无所谓，就是煎熬他一人。这好比钝刀子锯他的肉，锯得他痛苦无比，坐立不安！老话说，做贼心虚，我嘴上说他脸上不自然了，然后挨个瞅，那做贼的心里能好受吗？其实我根本看不出来，可他以为我看出来了，大伙也不知道是哪个，可贼却以为大伙真认出他来了，就感觉许多眼光都往他身上瞅呢。"

老贾真有一套，就这么连敲带压，把贼逼得招了供。然而我还有疑问："可您怎么就预先知道跟他沾亲戚？"

"傻小子，这叫似是而非，咱山沟里细论起来，哪家不沾点亲戚？我这么说，没偷的联系不上，他李士才可就心里受了惊，以为我当真看出来而不愿意揭穿呢。最后，受不了了吧？"

我认为老贾一定还有什么诀窍没告诉我："实话说了吧，那个纸包我看了，没写字。后来怎么又有了？"

"你这小子！"老贾指点着我的脑门，"我同时另准备下四个相同纸包，里面分别写上了四个有嫌疑人的名字，自己先记准确了。你的纸包回来，我贴肉装着，等哪个一承认，我就专掏写他名字的，一点不带差的！"

"可是，假如都不承认，或者是站出来的不是这四个，您怎么办？"

老贾头看了我半天，深深叹了口气："你寻思我愿意当这个破队长呀，操心费力得罪人。可这个时候，上面硬派，我不当，就是思想有问题。这案如果破不了，我正好提出辞职，连个小偷都抓不到，还当什么队长？没想到这小子不扛锯割，害得我这芝麻官儿想甩都甩不掉！"

不愧当过兵

柳长江和张大旺当了几年志愿兵，复员回乡，组织上各发给一笔数量相当可观的安置费。柳长江找到张大旺说："咱不能坐吃山空，光指望这俩钱养家糊口呀，得出去找份工作干。安置费不到关键时不可轻动。"在部队时，俩人同在一个班，柳长江是班长，张大旺是战士，一贯听他的，这回当然二话没说。于是张大旺就跟随柳长江来到省城，俩人应聘到一家大饭店当上了保安。

穿上那套服装，乍看挺威风的，可不到试用期满，柳长江不干了，这叫啥工作？说是保安，还不如叫门童更贴切，一天到晚腰板挺得倍儿直，不是显威风，那是为了讨好顾客，几乎所有的人都可以对他们颐指气使！柳长江跟张大旺说："老辈儿有话，'宁可站着死，也不跪着生'，咱凭啥掉到他们手里了。走！"张大旺心里嘀咕，当年部队要提你当副排长了，就因为对迎接检查弄虚作假的事不满，跟指导员顶了嘴，这副排就泡了汤，怎么如今都复员了，还不接受教训？何况，受点气又能怎么样，也不至于扯到死呀生呀上，老辈人还说"好死不如赖活着""好汉不吃眼前亏"，你咋不记得呢？可毕竟出来闯世界是班长的主意，不好不服从呀，张大旺追随着班长炒了老板的鱿鱼。

俩人在部队当特种兵，受到的那是强化训练，执行起任务来响当当的，可到社会上吃不开了，没技术啊。既然不愿意当保安，就改做物流吧。

这物流是新生行业，将顾客要远送的货物分批入库、装车运往目的地。刚做满一月，柳长江就跟领班发生了争吵。敢情这领班乱指挥，告诉柳、张二人把几十件货扛进甲库后，又发现错了，再让他们搬出来转到乙库。柳长江怨气冲天，这不是存心折腾人吗，就冲着领班牢骚了几句。这领班仗着跟老板沾点亲，错了却不认账，居然口出不逊："你不过是个会说话的机器，让你左转右转是我的事。做东不做西，你急什么？"

这哪里叫人话。见张大旺闷声不响地哈腰搬起一个麻包要上肩，气得柳长江一把给拽下来："你还像当过兵的人吗？冻死迎风站，凭啥任他瞎指挥！"

"班长，咱现在已经不当兵了。就算当着兵，军人以服从命令为天职，他是咱俩的上级，我怎敢不服从。"

瞧这副窝囊样儿！柳长江一跺脚，离开仓库回到宿舍，躺在床上怄气。等张大旺下班回来，问他走不走？张说，咱总这么换来换去，多少是个头啊，先冷静一下。柳长江拎起

迷恋电脑的男孩

行李卷就走,走开就把手机卡换掉,他不打算再搭理这样的孬种兵,丢不起那人!

柳长江去了另一座城市。也找到过几份工作,总是高不成,低不就。天下乌鸦一般黑,当老板的全像一个模子铸造的,而且穷规矩太多,像他这种彪形大汉硬逼着面对路人跳健身操,滑稽不滑稽!柳长江打了几年工,炒掉的老板足有一个连,自己仍然一事无成。这真是虎落平川遭犬欺,柳长江彻底断了打工的念头,索性把那点存款取出来,决心琢磨个适合自己做的事,自己当老板,不管赚多少钱,只要活得舒心!

回头再说张大旺,跟班长失去了联系,这回孤苦无依,更得夹起尾巴做人了。他在这家物流做得十分卖力,那领班见挤不走他,故意拿话敲打他:"怎么,你们班长去哪里踩点去了,哪天接你去当总裁助理呀?"张大旺心里这个气呀,但他告诫自己,对方目的就是想挤走我看笑话,我好歹是当过特种兵的,区区困难岂能退避,决不让他得逞。就假装笑着说:"领导就会拿咱当兵的开涮。俺们班长就是当上了总裁,咱也不稀罕,咱不是那料。"领班见他软弱,更是变本加厉,有一次,居然把张大旺的饭盒扔到了大街上!领班做得太过分,工人们都愤愤不平,鼓动张大旺:"你人高马大的,揍他一顿出出气,大家帮你说话。"张大旺一想,自己已经付出了这么高的"学费",把物流行当中的许多诀窍都掌握了,做起来得心应手,如果换一个事做,那得从头另来,相比受这点气,算得了什么?他暗暗朝工友们做了一个感谢的姿势,跑出去把饭盒捡起来,笑着对领班说:"领导嫌它碍眼,吩咐一声,我吃完饭自己扔掉它就可以了,哪用您老人家亲自动手?"这真是笑呵呵地折磨人!领班找不到茬儿发泄,气得当天中午没吃饭,事后胃疼了许多日子。

张大旺的宽容大度感动了工友们,大家夸赞说:"不愧是当过兵的,没有过不去的坎儿。这世界上谁与张大旺处不来,基本无可救药!"这话传到老板耳朵里了,老板欣赏张大旺的威望,又从公司的利益考虑,马上把张大旺提升为分部经理,成了原领班的顶头上司。

原领班见张大旺管着自己了,怕遭到报复,提心吊胆地努力做,结果,他负责的那个组业绩出色。张大旺可不想给自己树敌,不但多次表扬他,还去老板那边夸奖领班,感动得领班涕泪交流,成了张大旺的忠实支持者。老板见张大旺确实好用,再次提拔,让他当了老板助理,不但工资提高了两倍,有时候处理业务,还可以坐公司的小车。这期间,张大旺买上了楼房,娶妻生子,日子过得蛮滋润。他惦记着当年同患难过的老班长,四处寻找,可方法想尽了,一点也没有他的消息。

有一回休假,张大旺带着妻子儿子到邻省旅游,突然发现有一个"野战模拟"的游乐处,广告上写着"到这里,可以勾起你儿时的回忆,让你轻松快乐重温童年旧梦……"妻子一下子来了兴趣,一定要去玩一玩,张大旺便驱车前往乡下。

这里原是一片荒凉的盐碱地,被承包人利用,修上了土堆、战壕……到这里游玩的,缴纳足够的费用,就可以找

迷恋电脑的男孩

对手分区域"厮杀",手雷、枪支全是模拟,但设计先进,一旦被对方击中,全有印记,最后计算胜负……这么新鲜刺激的游戏,老婆孩子玩得特别开心。然而张大旺是特种兵出身,跟老婆打"阵地战",感觉太小儿科了,见售票处有"高级实战项目",只要花五百元,公司老板便可以亲自出面与游客"对决",如游客获胜,还能退还一半的票价。张大旺让老婆另找对手,他毫不犹豫地掏出五百元。但老板一出现,惊得他瞠目结舌,想不到老板正是他苦苦寻找多年的老班长柳长江!

战友叙旧,各自说了这些年打拼的体会,真是感慨万千。老班长热情地留住了张大旺一家,并打电话也把老婆找了来。按老班长的提议,两家人驱车去了城里,找家好饭店,非痛快地聚一聚不可。

这才知道,柳长江当打工仔,几乎被逼到山穷水尽的地步,但他始终不肯放弃,终于寻到了那片草木不生,建房又偏僻,百无一用的盐碱甸地子。柳长江在这儿发现了商机,他拿出自己微薄的积蓄,廉价包下了它,然后贷款开辟了这个项目,虽然地处偏远,可如今人们工作生活方面的压力太重,偶尔找这么个地方发泄放松一下,实在是求之不得。于是,柳长江的事业渐渐地发展起来了。除去费用,每年至少有三四万元的收入。

"老班长啊,"张大旺摇头,"您在这荒郊野外创业,受尽辛苦和孤独,才这么点收入,有些不值得呀。"

这时,柳长江电话响了,是一位经理向他请示某位特

227

殊游客的价位问题,柳长江听到一半,就发火了:"我跟老战友叙旧,你搅和什么?屁大点事向我请示,你还能不能干点什么了?"那边电话连忙检讨,说请老板放心,保证处理好。

挂了电话,老班长想起张大旺刚才的话题,接着说:"小张你同情我赚得少,对不起这份辛苦,可话不能这么说。我这人恪守'冻死迎风站'的人生信条,追求的就是不受气,经营虽苦,但我自己给自己扛活,每月及时缴纳完税款,同时遵纪守法,决不用受气。非但自食其力,解决了全家温饱,还养活了好多工作人员,我有啥不知足的。而你,尽管委曲求全,却能享受高薪待遇,又不用操我这么多心,也划得来,这叫有得就有失,各有各的活法。"

也巧,此时张大旺也接到了老板的电话,说得还算客气:"大旺呀,你在哪儿?遇见老班长?噢,我理解,可情况不允许啦,我后天要出远门一趟,你必须赶在明天中午前回来!"

收了线,张大旺信服地冲老班长点头:"真是有得就有失,老班长你看,我就没您这份自由啦。不过,无论得与失,咱哥俩都不愧当过特种兵,生存能力不差劲!"

迷恋电脑的男孩

理财争夺战

李文华夫妻俩有一阶段相当不愉快。

李文华抽烟抽得频,并且更喜欢喝几口小酒,老婆宋亚丹特别烦,动不动就唠叨:"喝酒、抽烟讨人嫌,伤身板儿浪费钱。这一年光烟钱、酒钱就得老鼻子啦,还得另外搭上菜。"听到这话,大李心理就不平衡了:他大李几乎被老婆逼到了吝啬的程度,烟抽最便宜的,人多时,大家相互敬烟,他的烟档次差掏不出手,为了挽回面子,只好想出了办法,坚持说自己只习惯抽"达西",抽别的咳嗽。结果在年终职工代表大会上,领导破例让摆上了好烟,他李文华只能咽着口水,硬撑着抽自己的"达西",那滋味要多难受有多难受;若说到喝酒,他李文华本来酒量不大,喝的是2元钱一斤的"散白",再费钱又能费到哪儿去?你宋亚丹穿衣服比我讲究档次,并且嘴特馋,一时也离不开水果,打听到哪款化妆品好用,不论贵贱立刻就买……这难道不是钱?

229

更厉害的是这女人既怕胖又担心变老，美容卡办着，健身班练着，脸是你长着，可花销的是二人的"公款"……我李文华有过这样豪华的消费历史吗？有一回，宋亚丹脱口说出了"男女平等"这个词儿，被李文华抓住，反唇相讥并借题发挥："既然男女平等，凭什么我只管赚钱，你只管花钱？这就叫不平等。至少应当轮流执政，咱俩每人负责一个阶段，让我这个当户主的，也体验体验主人翁的感觉。"

宋亚丹被噎住了，只好说："行，你可以管一个阶段，但你若是把钱花得找不到地方，我可饶不了你。"

"一言为定。"

李文华真正当上了一把手。他成竹在胸，怕到时候出毛病，遭到宋亚丹的弹劾、罢免，因此，每笔花销无论大小，都认真记在本儿上。这样管家务直到年底，嘿，收是收，支是支。春节到了，李文华坚持让宋亚丹看账目，宋亚丹嫌脑袋疼不屑一顾。大李心里高兴，拿出3000多元钱交给宋亚丹："给，你不是眼馋皮装吗，去买件皮衣穿吧。"

一见到钱，宋亚丹眼睛马上就亮了："咱家从来没有多余的银子过，你这是跌倒捡着金元宝了？"

大李得意扬扬地告诉老婆，宋亚丹每参加一次健身班或者听美容课，缴纳多少费用，他就抽出相同的金额，存在一个活期折上："整天把精力花费到那上面，就可能一天比一天变年轻了吗？你还见天唠叨我抽烟、喝酒，你瞧你，一年浪费多少钱啊，哪比得上攒到年底买件像样的衣服，可以穿多少年呢。我都想给你买'貂'呢，可惜钱没攒够。"

迷恋电脑的男孩

听男人说得有理，宋亚丹一把抱住李文华，在他脸上好一通啃："老公说得句句是理，把钱和精力花费到美容、瘦身上，确实再愚蠢不过。明年我还拥护你继续管家，你管得就是比我高明嘛。"

李文华以无可争议的优势得以连任。

这一年，李文华再接再厉，家务料理得井井有条，饮食档次还提高了一截，星期天两口子居然可以去饭店撮一顿了，这在"宋亚丹政府"执政期间可是没有过的。大李好有成就感啊，摆平一个女人实在是小菜一碟，打开了如此好的局面，下一年、下下一年还得他李文华管家。男女平等，平她个头！

转眼又到春节。宋亚丹先是对李文华亲自理财道了一番辛苦，然后笑容满面地伸出手："老公啊，过年打算给我买什么礼物呀？"李文华答："当然有。你瞧你的皮靴有些旧了，我在批发市场看到一款减价的，300多元只要120元。"宋亚丹摇头："你承诺过我的'貂'呢？我可是盼了一年啦，把存折拿出来吧。"

"'貂'？"大李傻了眼，"你今年没参与什么健身、美容，我也就没额外存钱。"

"好你个败家子，"宋亚丹顿时柳眉倒竖，"我克制了整整一年，图的是什么？去年我乱花钱，好歹还有件皮衣；今年我没参加健身、美容，至少省下一件皮衣钱了吧，你倒分文皆无了？说，把买'貂'的钱给弄哪去了？"

老婆去年不看账，李文华今年也就没记，现在让他找出买"貂"的钱，他哪里找去？

"你发誓，是不是攒了小金库，或者给了哪个狐狸精？"

李文华指天画地，如果贪污一分钱，就让他睡一辈子沙发！

宋亚丹说："怎么样？我停了健身、美容，到年底钱却没了。既然你没贪污，那么事实证明，这健身、美容我还得继续。另外，家庭的纪律要参照政府有关条文，一个官员被查出有经济问题，他事后还可能继续管经济吗？不可能。那么，从今天开始，你被民主罢免，一票否决了。"

李文华就这样被夺了权。老婆通知他，咱得攒钱换个大点的房子，同学中顶数咱家的居室小，她在他们面前都抬不起头。这一来，李文华的兜确实比脸干净得多，他干脆给自己起名"太空族"，就是口袋太空了的意思。然而，家是个只讲爱不讲理的地方，牢骚是没有任何意义的，李文华只好再次降格，在家时，索性抽叶子烟了。

这种情况再合理心里也难以平衡啊，大李就盼着能有再次执政的机会。工夫不负有心人，老婆的母亲病重，在省城住了院，宋亚丹必须过去陪护。李文华高兴啊，这叫兵不血刃自然过渡，这回看我如何把握时机，把失而复得的执政权牢牢控制在自己手中。

老婆走后，李文华立即建立账本，清理现金。他发现摆设柜上放着个挺大的储蓄罐，里面全是硬币，倒出来一看，哈，有230多块呢。李文华想，哼，你诬蔑我攒小金库，你这是什么？就算不是攒私房，这种攒钱方式也是极度愚蠢

迷恋电脑的男孩

的，想想啊，一大堆硬币，到时候想花，多麻烦。怎么办？零星花出去。

主意打定，大李每次买菜，都要揣上一些硬币，遇上零头，比方总共11块3角，他先给10块整的，然后说："我有1块3角……"就这样，他想方设法，把花硬币当成重大事情抓，每天都能花掉一些。李文华这成就感啊，男人的智商就是比女人高，哼，平等，你做梦吧。

老婆终于回来了。边唠叨李文华把家造得跟猪窝一样，边收拾。突然，宋亚丹尖声叫起来："这储蓄罐里面的钱呢？怎么就剩这点儿了？"

李文华得意扬扬地说："我把它们处理掉了，花费有账目可查。你说你怎么想的，攒到年底，这罐该满了吧，那么多硬币花起来……"

"你这个猪脑子啊。"宋亚丹拉着李文华上了市场，说要让他知道硬币是怎么回事。

到了市场，先买蘑菇，总共5元3角。李文华想，失误了吧，要是再拿点硬币……这回，找7角零钱，最少也得三枚硬币。正想着，听老婆发话了："什么5元3，要是有，我还不给你呀，5元吧。"扔下5元，拿了蘑菇就走。然后又到猪肉摊，买猪肉，是10元8角，宋亚丹又说："老板，我可是你的老主顾，这肉还带着点皮……给10元得了。"李文华暗中记着，买这一圈菜，老婆连砍加赖，居然省下4元2角！

回到家，老婆问："明白这储蓄罐里的钱是怎么回事了吧？"

233

李文华摇头。

老婆横他一眼:"说你猪脑袋,瞧你委屈成什么样。我每天买菜砍价省下的钱,当天都放入相等数额的硬币,实在没有硬币,我宁可换去。你煞费苦心花掉的钱,那是我两个月的砍价成果。你不是有账目可查吗,说,储蓄罐里原来是多少钱的?说不准,那就是经济问题!"

李文华万没想到硬币是记录砍价成果用的,他账目虽然清楚,可没记硬币是多少呀。一时间瞠目结舌。宋亚丹鄙视地说,连点硬币都落实不到出处,还觉着自己像块料,今后这钱的事,你连边也不要沾!

丢了权,大李最终也想开了:无官一身轻,又不是输给别人,跟自己老婆较真算啥男子汉。

迷恋电脑的男孩

马屁精的下场

甄慧柳先生刚刚当上副科长,就栽了一个重重的跟头。

这甄慧柳有一绝活儿,会溜须拍马,他见风使舵,处处投领导所好,终于获得了局长的好感,被扶到了副科长的位置上。可是,正当他春风得意,准备大展宏图时,市政府精简机构,把他所在的局撤销了,甄慧柳椅子没坐热,就被合并到档案局当差。新局长哪晓得他的才华、能力,仅安排他管收发报纸;新同事们也不了解,于是狗眼看人低,当前不是流行官职简称嘛,如刘局、孙处、张科什么的,大家就当面称原"甄副"为"甄收(发)"。

甄收难过了一小会儿就恢复了正常心态。他想,十年磨一剑,这算什么?"狼走遍天下吃肉,狗走遍天下吃屎",只要我细心观察局长的好恶,抓住兴奋点,拍,不信拍不爽他。凭咱这副大脑,一月内稳定形势,一年内发生转机,要不了多久,本人照样是"甄副""甄科",甚至"甄局",

235

到时候，让这些势利眼们拿热脸蹭本领导的冷屁股！

甄收到任没几天，机会来了。科员小赵要结婚，给同事们逐一发请帖。发到局长室，恰甄收给局长送报纸，也在场。只见小赵脸涨得通红："局长，我不用您随礼，只是请您去捧场，壮壮声势，有领导出席，吉祥。"

小赵不谙世事，这种花钱的事，怎么好请领导。大家得知消息，都借故找局长，其实是瞧热闹呢。局长板着脸说："这嗑儿唠得，吃喜酒哪能不随礼。"一般同志掏一百元，局长掏出两张百元币，往桌上一拍："小意思。"

大家都替小赵捏一把汗。这时，甄收一语惊人："小赵，对局长，不宰白不宰，你宰他两百元太少啦……"看大家紧张得大气不敢出，甄收喘了一口气，"要那点钱多俗气。请局长给题幅字啊，局长从来没给哪个结婚的题过字吧，你拿到这幅字，不但高雅，日后可是天天增值啊。局长，您舍不舍得？"甄收早打听清楚了，局长人倒是耿直，可惜家里太太管得狠，因此，在钱财方面有些抠。他这题字的建议替局长解了围，局长能不欣赏他嘛。

局长谦虚地说："别闹，我哪里会书法……"

退缩了，那还叫什么"真会溜"？甄收说："局长吝啬！老话说字以人贵，中央领导个个书法好嘛，人家那字照样是墨宝。"不由分说，去秘书处找来文房四宝，铺开宣纸。

局长接过笔，有些犹豫："写什么呢？"他平时除了写"同意，耿长林"，很少亲自动笔。

"局长，现成的词儿，您就写'在天愿作比翼鸟'。"

迷恋电脑的男孩

甄收同志机智的大脑正常运转。

局长点点头，投来赞许的目光，挥笔写下七个字。所有的人都出汗了，局长写的是"在天怨作比义鸟 耿长林题"正文七个字错了两个！这"义"错就错吧，可那"怨"字，婚礼上悬挂，太不吉利了！

"局长……"小赵吭哧了半天，婉转地说，"有俩错字，最好能麻烦您改一下。"

"啊？"局长好不尴尬！

"你真是老外。"甄收再次抓住了良机，"这是唐朝作品，古文没学过吗？那时候使用通假字，局长写唐诗，当然要用通假字，这才是真学问。"他提了下气，"对不起，本人斗胆掠美了。"说着，掏出两张百元票，递给小赵，"这是局长随的礼。局长，我可不想欠您人情，麻烦您在后面添上'贺甄慧柳同志结婚十年'几个字，这题字归我啦。"

甄慧柳先生在众人目瞪口呆的情况下，捧着局长的题字回了自己的收发室。他岂不知道局长的书法，挺好的宣纸给糟蹋了！可区区两百元，换得局长的好感，这是花两千甚至两万元都办不到的事！他高兴得难以比拟，这一夜，做的全是好梦，嘿，狼再受贬，它也还是得吃肉！

转眼小赵的婚礼举行了。老甄发现，这几天局长待他很是客气的，不像刚转来时冷若冰霜。有戏！他挤坐在靠近典礼台的地方，局长肯定讲话，抓住时机拍一番，无论多大官儿，没有不喜欢听奉承话的，不信拍不爽他！

果然局长代表新郎单位领导上台讲了话，可是，主持人也

社会万花筒之中国好故事系列丛书

是个官儿，平时跟局长挺熟的，讲完话，他居然让局长唱一首歌助兴。局长嗓子本来不错，也就当仁不让，点了一首歌。

甄慧柳暗暗佩服自己会选地方。靠台子这么近，他的举动局长一清二楚呢。音乐响了，刚唱出第一句，甄慧柳就夸张地站起来，驴叫天似的扯着嗓子吼了一声："好！"接着，全场就他一人拼命鼓掌！

他的这一声"好"，把所有的人都给喊愣了，敢情是甄慧柳过于激动，喊早了，那管音响的放卡拉OK，忘了消掉原唱，局长还没开口呢！

主持人笑问甄收："这位先生，您刚才是不是走神儿了？请问这'好'字好在哪里？"

甄收不愧机敏过人，他随机应变道："自然是好。龙将行，必先有雨；虎将行，必先有风。我们局长往台上一站，原唱出来开路，这叫'未成曲调先有情'，婚礼大吉嘛。"

哄堂大笑。局长也笑了。甄慧柳告诫自己，这次成败还不好确定，谁知道这笑是褒是贬呢。无论如何，溜须比骂人强，这是千古不变的道理！

婚礼结束。局里的人安排在一个雅间，共两桌。局长说："随便坐。"甄收马上抢过话："局长与民同乐，不坐白不坐，我斗胆跟局长同桌。"去局长对面坐定，喜宴不像办公室，最随意，他今天就是要一鼓作气，寻找良机，把这耿局长拍爽了他！

很快，新郎新娘来敬酒。局长说："光阴似箭。你们俩是我看着长大的，才几天，还都天真无牙（邪）的样

238

子……"这一个大白字,惹得两桌人笑响了!

唯独甄慧柳一脸严肃,他站起来说:"笑什么?我绝非打局长的溜须,但公道话必须说一句。局长错了吗?天真,指孩童时期,那时当然没长牙……"

其实甄慧柳不知底细,这是全局流通的一句笑话,故意念白了开心的,所以大家才敢放声笑。副局长有些不满:"我说甄收,你可真能溜缝儿,那老年人也没牙呢,你能说他们天真?"

"当然。"局长在场,甄收可不惧这副局,"'老小孩儿嘛',他们当然也天真。"

"好啦好啦。"局长眉头一皱,"我说甄收,你脑袋里玩意儿不少,挺机灵的个人儿,那心眼怎么不往正地方使呢,尽琢磨些没用的,这跟工作有关吗?那天我写错了字,你买回去珍藏什么,分明是打算存住我的笑柄,将来另有所图!告诉你。本人学问虽然差些,可我回去翻了书,哪里有那两个通假字?你坟墓前烧假币——糊弄鬼呢。"局长掏出两张百元大钞,扔给甄收,"当着大家的面,这两百元物归原主啦,记住,散席后我跟司机先送你回家,我要立即取回那幅字,明天当众销毁!"

甄慧柳几乎是昏了过去。太出乎意料了,局长竟然要立即索回原物?别说两百元,两千、两万元也摆不平这事儿了,他敢如实跟局长说吗?那天晚上,拿着局长的题字往回走,想想还是心疼,怕老婆见了那错字讥笑他,路过一个垃圾点儿,让他一把火给烧了!

魔幻钢琴价

业余作家段先生的女儿莹莹自打升入初中,学习成绩一直中等偏下,为了孩子的未来,段先生夫妇真是伤透了脑筋。有一天中午,莹莹的老师打来电话,说孩子潜力不行,这样拼下去不会有效果的,她建议莹莹应当学点特长,将来高考可以进艺术院校,成为演艺界的人,那生活就高人一等了。老师让段先生给莹莹买架钢琴吧,并说她在钢琴厂有熟人,肯定比市场价便宜。正在这时,段先生的好朋友邹先生在访,听到了电话内容,提示道:"你问一下她能便宜到什么程度。"

段先生给音乐老师打过去电话,一问,说是两万五千块的钢琴,她可以省一千块。挂了电话,邹先生冷笑道:"真是无利不起早啊。现在这些老师钱都赚疯了,她那么热心关怀你家莹莹,图的是卖钢琴赚好处。回头我帮你解决一下,你等我的电话吧。"

迷恋电脑的男孩

邹先生办事是极讲诚信的，到了晚上，就打来电话："我怎么说来着，那老师黑着呢。"邹先生告诉老段，他钢琴厂有关系，两万三千块就可以了。段先生凡事特别信赖邹先生，就把此事托付给了他。

可是第二天上午，邹先生打电话告诉段先生，他突然要跟领导到远方出差，钢琴的事他放在心上呢，回来立即办。

按说此事不急，可莹莹听说要买钢琴，激动得寝食不安了，一天无数遍地催爸爸快把钢琴抬回来呀。段先生感觉邹先生快要回来了，就打电话询问，这才知道，老邹的领导在远方出了车祸住院，他正陪护呢。不过，钢琴的事不会耽误，他回来第一件事，就是带着老段去买钢琴。

老婆和女儿都抱怨段先生，还不如让音乐老师办呢，不就一千块钱嘛。段先生不高兴地说，一千块钱他要写几万字的小说，容易吗？再说，一事不烦二主，既然委托了邹先生，怎么可以出尔反尔。让母女俩吵得脑袋疼，段先生东西也写不下去了，索性跑到大街上散步去。

段先生来到了江堤上吹风，猛然听到有人跟他打招呼。一抬头，感觉特别面熟。握着对方的手，大脑飞快地旋转着，这位是在哪里见过的呢？对方看出他是忘记了，就主动提示说："我是老白呀，老邹的同事。"

哎哟，想起来了，与老邹喝酒时，这位白老弟参与过至少两三次呢。段先生赶紧边骂自己猪脑袋边赔不是。白先生连说："没关系，您满脑子文章，全记过来那才是不正常。大哥挺悠闲呀。老邹这回差一点就伤着，您知道了吧？"

241

段先生接话:"可不。我急着等他回来买钢琴呢,他钢琴厂有门路,只要两万三。"

这一说,白先生哈哈大笑:"这个老邹,他钢琴厂认识谁?还不是托我。原来是大哥您的事呀,什么两万三,他老邹记忆错乱。我跟老总是铁哥们儿,说好了两万二的呀。"

这话让段先生一下子愣在了那里。他去专卖处核实过,钢琴的价钱确实是两万五呀,怎么辗转了三个人,却省了三千块!白先生见他发呆,就说:"走吧大哥,我现在就领你去找我铁哥们儿,两万二,他当面答应过我的。"说罢,招手叫住出租,俩人去了钢琴厂。路上,白先生嘱咐段先生,当时他告诉老总是自己买,段先生露面不合适,只在门口等,他把票子领出来就可以了。段先生才不想认识什么老总呢,于是满口答应。

钢琴厂的门卫认识白先生,当即告诉说:"我们老总是人大代表,现在正开两会呢,三两天回不来。"

老白一听,有些扫兴,问老段:"大哥,去不去卫生间?"老段没事,就摇头。老白自己去了厂部的厕所。

老白刚离开,门卫问段先生:"买钢琴啊?他告诉你多少钱?"

这时候,段先生突然多出个心眼,对门卫说:"白先生跟老总是铁哥们儿,说只要两万一千块,就帮我拿下。"

门卫一听,神秘地笑了笑:"告诉我你的电话,我晚上打给你。"段先生刚递上名片,老白完事出来了,两人打出租回到市区,约好两会结束再联系,便分了手。

迷恋电脑的男孩

傍晚,段先生便接到了门卫的电话。门卫说:"那姓白的忽悠你呢,他什么老总的哥们儿,我才是跟老总沾亲,很近的。你要是相信我,我给你包办。钢琴免费运送,搬运工还是专业的,进楼道保险磕不着。姓白的他会调钢琴吗,当然不会。我认识柳效敏,本市著名调琴师,你的琴包调了,享受最低价,还保证随叫随到。"

段先生现在是一头雾水了,举着电话一时不知如何对答,他说的可是两万一呀,这钢琴价简直带有魔幻色彩,要瞬息万变了!那门卫性子急:"老哥呀,我忘记告诉你价格了,哼哼,什么两万一,姓白的想黑你的钱,老弟我两万块保准给你拿下,怎么样?"

段先生一拍大腿:"我就欣赏痛快人。你可得保证质量啊。"

第二天,段先生去了钢琴厂,那门卫非常守承诺,立即打电话叫了车,不到半小时,钢琴免费抬到了段先生的楼上居室内。很快,调琴师也赶到,一步到位,把钢琴调好,收费果然不高!

客人走了,段先生望着钢琴,百感交集。朋友,熟人……这叫什么事呢,当初要是信老师或者老邹的,这三四千块钱白扔,还得欠老大的人情。正在这时候,他小舅子领着媳妇过来串门。小舅子夫妻俩开饭店当老板,难得有时间过来。段先生便说:"永生,明天帮我定个包房。"

"姐夫得奖金了?这么大方?"小舅子媳妇打趣道。

段先生便把买钢琴的事一五一十地说了:"素不相识,人家倒比朋友实惠,你说我不该请他一回吗?待我问一下,他中午还是晚上得闲。"

　　电话刚拨了两个数字，就被小舅子按住了："姐夫，请他个屁呀。钢琴厂的内幕我知道，产品销路不好，工资都发不出去了，老总逼着职工们推销，就是两万一台，卖不出去还给顶工资呢。要请，也得是他请你！"

　　是这样啊。

　　陪小舅子喝上点酒，段先生无论如何也睡不着了。这钢琴等于是打了八折，他却一点成就感没有，心里反倒堵得慌了。朋友……紧接着，邹先生和白先生相继打来电话，内容一样，都是嘱咐段先生先别急，钢琴是探囊取物的事儿，绝对不会有闪失，只不过稍等几天，要是自己去专卖处，那钱就花得大头了。段先生平静地对着电话说："钢琴的事我已经解决。碰巧我亲戚家有台新的，闲着也是闲着，免费送到了我家。"听到那边口气相当失落，段先生又给了个模棱两可的承诺："哪天咱还得喝酒呀。"

　　挂断电话，段先生对老婆说，咱家一请客就往你弟弟饭店里安排，腻不腻呀，下次记着点儿，再有事，换个地方……话没说完，他突然来了灵感："我说，咱俩都细心打听点儿，朋友和亲戚中哪家要买钢琴，就说，我给钢琴厂的老总写过报告文学，他特别感谢，钢琴的事，找我。哼，赚这钱比写小说肥实多了！"